耕耘與收穫

——松榮文集

李榮炎　著

序《耕耘與收穫——松榮文集》

李榮炎

二〇一一年二月三日，是農曆辛卯兔年的正月初一，由庚寅年除夕的二月二日至二月七日，為時六天的春節假期，我編好第十三冊新著《耕耘與收穫——松榮文集》的書稿，台北市圖書館三民分館於二月七日提前開館，我依約贈送近年出版的《如坐春風》等四冊供作典藏。

二月八日正式上班，郵寄書稿至「秀威資訊股份有限公司」打印。二月九日我原服務之中興大學新年團拜，我前往台中參加，並攜如三民分館的四本著作贈送其圖書館，完成了小小的心願。

《耕耘與收穫——松榮文集》分三輯，收文二十五篇。第一輯一至十篇是「徵文入選獲獎」之作，第一篇〈服務與奉獻〉，是溯述一位民意代表縣議員的服務熱情，主辦單位是台灣省黨部，當時一黨獨大，這黨指的是「中國國民黨」。

第二篇〈論民主主義合作思想〉，是中興大學的論文賽，我幸獲第一。三、四篇是《聯合報》、《台灣日報》辦的對日抗戰勝利徵文，競爭甚為激烈，前者的來稿超過千篇，投自海外的為數不少，篩取二十六篇，拙稿〈接收市儈〉上榜。

〈我的寫作歷程〉是邀稿，作為中學生的一種示範模式，啟發青年人學習，在《中市青年》期刊登載。第六篇〈得意莫盡歡〉、第八篇〈耕耘與收穫〉，分別是台灣省教育廳及台灣省文藝作家協會辦的徵文，我全幸獲獎，並以「文思泉湧」獎牌見頒。

〈從中共觀點　看台海戰役〉、〈旋乾轉坤　共同珍惜〉，皆是《青年日報》辦的徵文，前者以「永遠的八二三」為主題，描寫民國四十七年「八二三」砲戰的勝利；後者用「台海第一戰」為標示，闡發民國三十八年古寧頭戰役之大捷。這兩大戰爭聞名世界，遏阻了中共的兇焰，鞏固了海疆的安全，穩定了台海的政局，數十年生生不息，繁榮發展，亞洲四小龍以及中華民國一百歲，寔利賴之。

《青年日報》把兩次徵文入選的編成專著，印發新書，贈送每位作者一本外，並向外銷售，成為一冊暢銷著作。回首既往，重續舊文，遣詞命句與稱謂對方，以現今的情狀，似有好些不合時宜的格格不入，但此一時也，彼一時也，就不再覺意外了。

第二輯由第第十一篇至二十二篇，計十二篇。從〈讀於梨華的小說《林曼》〉至〈有較無類——讀落蒂的《記憶密碼》四帖〉，統是閱讀劄記，正同我上一本書的內容，為示有別，以「耕耘與收穫——松榮文集」稱之。餘下三篇的旅遊、悼記，算作末輯。

我在中興大學服務十八年，民國六十年進入，七十七年以簡任編審退休，因參與全國的大專聯考試務，寫過這方面的不少篇章，我的第二本《時光倒流》文集，以改進試務為內容，曾被多屆的聯招機構借鑑。

筆耕數十年，獲獎如文述，出書十餘本，本著行將面世，僅作此序，祈請讀者賜教。

《新文壇》季刊第二十四期

中國民國一百年七月

耕耘與收穫——松榮文集

閱覽劄記一

旅遊悼記

附錄

徵文入選獲獎

服務與奉獻

——記述一位議員同志的工作歷程

「健民村慶祝六十七年元旦暨叢樹林先生當選第九屆縣議員聯歡會」的金字紅布橫聯，高高懸掛在銀聯一村進口處司令台前正面的上端。下面是寬闊的水泥廣場，裝有排、籃球的柱架。這裡、平時供青年活動，遇上節日，則是眷屬們集合的場所。

銀聯一村隸台中縣大里鄉，地名竹仔坑，行政上屬於健民村的範圍，位在幾面環山的窪谷中。地處僻隅，交通梗阻，與山區連亙相接，光復前是個三不管地帶。自民國四十五年國防部在這裡建立眷村後，來往的人逐漸頻密，使原本閉塞落後的一個村落步入開發，經濟日加繁榮，知識水準亦不斷提高。由而民眾便渴望在地方的行政上獲得參與，以表達他們的心聲。

職是之故，當叢樹林以眷村自治會會長的身分，登記參加縣議員的競選時，村中的軍眷，固是同心一德，全力支持，即村外民眾，亦是出錢出力，奔走鼓吹，乃能眾志成城，終獲當選。

聯歡會中的餐會，時間定在元旦日下午六時，五時半起舉行儀式，由鄉民代表陳清波先生擔任主席。他致詞時，除概述慶祝元旦的意義外，並謂：叢會長的榮任縣議員，不僅是他個人做事的成功，尤為我們竹仔坑實施地方自治迄今，膺選縣民意代表的第一人，人傑地靈相互彰顯，全體村民都感覺無上的光榮。陳清波以不太流利的國語陳敘始末，說完後，旋代表大會以「健民之光」、「眾望所歸」匾額致贈。

參加慶祝餐會的包括村裡村外，人數甚多，桌椅擺滿那一大塊籃、排球場場地。聘請軍中極負盛名的「龍吟藝工隊」前來演出助興，節目精彩，遂引來更多的觀眾。地方上的首要前來道賀的，有台中縣長陳孟鈴，議會長謝毓河暨其他的黨政負責人與駐軍部隊長，使會場益增無比的熱烈氣氛。

此次聯歡會的倡議籌辦，最難得的，乃是地方上的民眾醞釀發起。由村外展開進入村內，眾議僉同，共赴盛舉，形成前所未有的歡樂場面。軍民一家，互信互助，親愛團結融洽無間，確是地方上不曾有過的一大盛事。

時間向回倒溯，那是民國六十五年的春天，叢樹林任村自治會長已一年餘。在一個陰雨的早晨，住在村中的一位休假回家名劉伯榮的起來未久，便聽到大門有輕輕的敲擊聲，他心裡有些嘀咕，是誰這麼早便叫門了？開門一看，是一位頭戴斗笠，身披雨衣，踩著小板車，載送賣豆腐的少年人。

「你是劉先生吧，因為天氣不好，我特起早了一些，將豆腐逐家分送，免使太太們淋雨到巷口去拿。」他一面說一面將包著的一塊豆腐遞了過來。

吃飯的時候，劉伯榮對著他太太說：「早上送豆腐的那個人，看來很面熟，他是什麼人啊？」

「他叫陳平道，原住在我們這條村的，半年前在外邊小街開了一間豆腐店，生意算做開來了。」劉太太說。

「這就是了，難怪像是認識的。看他勤快苦幹，人挺不錯的嘛！」

「現在是很好，幾年前卻是我們村中一個字號人物，一頭瘋虎，見人咬人，人見人怕的。」

「有這等事？為何現在又這麼好了！」

「這緣由說來話長。據說他的革面洗心，重新作人，是在年前打傷了會長那一次之後。」

「噢，那一次我剛好在家。」劉伯榮像在回憶：「會長被打得額破嘴歪，身上到處青一塊紫一塊，聽說躺了好幾天才起來，原來就是他幹的！」

「就是他，陳平道。」劉太太想了一下：「那天如不是多人去把會長救出來，後果真不堪設想哩。」

「事情發生，警察趕來，不是將他拘禁起來了，怎麼又放了的？」

「是叢會長將他保出來的。」

「會長被打，一身是傷，又去保他？」

「人，終究是有理性的，就因為這個緣故，陳平道被感動了，所以決心學好。」劉太太歎息著：「這孩子說起來也怪可憐的，幾歲就沒爹，稍大一點就沒娘，整天與那些流氓太保混在一起，好的也學壞了。」

說著說著，許多往事，便出現在他們眼前。

那是十多年前，陳平道的家搬到這裡沒多久，他的爹便因一場疾病過世了。喪事辦完，留下孤兒寡婦，生活起來越是艱苦。在撐不下去時，曾靠濟助過了一段日子。可是救急容易救窮難，往後這麼長的時間怎麼辦呢！他媽便與一位張先生結了婚，陳平道自然跟同一起去生活。

這一樁婚事，是村裡前幾年的一位會長周信華多方撮合的。使這一家人的生活有人承擔，獲得了應有的照顧，不再東求西請的去乞救濟。這本來是一件好事，可是在陳平道的小心眼裡卻不是這麼想。他不但不感周信華是一種好心的掖助解困，反而認為他們家的「破碎」，乃是周一手造成的。

陳平道在「新」家庭中共同生活了一段時間，便出走了，最初是回到這個村子裡，這一家那一家過了一陣子，其後便到外邊去，與那些不務正業的不良少年混在一起。偷摸拐騙，再而好勇鬥狠。時間久了，習染愈深，膽子愈大，打架偷竊勒索，樣樣都來，曾被警方關關放放了好幾次。

三年前的一天黃昏，陳平道帶了好幾個人回來找周信華算帳。那天周剛好不在，不知他聽誰說的他娘的改嫁，外表上是老會長出的面，實際是村頭的一位王媽媽穿針引線，從中促成的。找不到老會長，目標便到王媽媽的家裡去。不但將人打傷了，用具雜物，唏哩嘩啦，打得個糊塗稀爛。傷害加上毀損，當然又被關到牢裡去。

大概是那一次未能洩憤，心裡始終記恨，出來之後，俟機再回來找人出氣。他也不問清楚，聽說是會長的家便闖進去，亂撞亂踢，見人便打，眼絲發紅，像是瘋了的一般。被打的人也糊里糊塗，不知如何的惹了他，致有這般的深仇大恨。最後始知他的對象弄錯了，他要找的是老會長周信華，現任的叢樹林卻楣運當頭，無端沒故的挨了一頓狠狠的揍。

這是一件陰差陽錯，怙惡不悛，實為可惡之事。許多人都認為絕不可以原恕。因為恩將仇報，毆人成傷，惡性始終不改，就應該繩之以法。況不分青紅皂白，煞星般的處處闖禍，危害社會，尤應治其應得之罪。可是叢樹林將前後的情形分析過後，認為陳平道的身世，實須加以同情。這孩子淪到今日的這個地步，不幸的遭遇乃是主因，寬諒之外還要好好的開導才是。

基於這個念頭，無妄的挨打成傷不惟未加計較，且處處為他說項，奔走陳告，將罪開脫保了出來。帶領他回村子裡，慢慢的跟他訴說前因後果，分析利害叫他好好地去想。人、究意是有良知血性的，陳平道經過這一次教訓開導，革面洗心，頓悟前非，便徹底的改變了過來。

「陳平道學好了，在外邊小街開店，又是誰幫他弄成的？」劉伯榮了解了這一段往事後，不覺地又提出來問。

「全是村中的老鄰居，大家伸出救助之手，共同湊合辦成的。」劉太太說。

「如此說來，這一檔子事，若還是與過去一樣的記仇掛恨，冤冤相報，沒有恢宏氣度，不加諒恕的話，陳平道恐要愈陷愈深，難以救藥哩！」

「就是嘛。」

「基層建設」，是吾人近幾年來常在報紙與電視看到的新聞節目，沒覺什麼新奇。可是溯本探源此項工作之所以能順利展開，為許多地方修建道路，改善環境，不斷地邁步向前，其事的緣起，乃民國六十八年行政院長孫運璿先生分批召集所有的鄉、鎮、區、市長會後所決定的。孫先生負全國的行政最高職務，席不暇暖，仍在百忙之中，抽時分期主持了這個會議，聽取基層地方首長的意見，使隔閡消除，上下暢通，民間最感迫切需要的事，用政府的力量去解決，紮根落實，莫過於此。

記得在是年的這一項會中，桃園縣之大園、蘆竹、觀音、新屋等四個鄉的鄉長，因沿海農田不宜耕種，建議將這四個鄉劃為特定區，准許變更使用土地，並邀請實地前往勘查。孫院長一口答應了下來，很仔細的巡視了沿海的農業生產，交由主管機關去研究辦理。

在上開事實兩年多之前，也即民國六十五、六十六年間，叢樹林擔任村的自治會長時，他便有見及此，村、里、衖、巷的紊亂不整，環境衛生的髒亂，水溝的淤塞，道路的坎坷，隨處都需加以整建。他苦心孤詣，設法逐步的去加以改善。因而經常地向鄉公所、農會、民眾服務站與縣政府等機關，去反映陳說，籲請支援補助。

台中縣大里鄉雖鄰接台中市，但自來水的裝設，就全鄉言，反以這處在偏僻的健民村為最先。致此之由，乃因此地新建了一條軍眷村，陸軍中的一訓練基地亦設於此。陸軍總部、省政府撥款挖了一個深水井，得以埋裝管道供應之故。在未裝自來水之前，全村用水均取自一條溝渠，由山邊的溪流築壩引進。自來水供應以後，溝渠棄而不用，藏垢納污，腐臭之氣四溢，形成這一帶頗為嚴重的衛生問題。叢樹林著眼的第一步，就是整理疏道使其整潔暢通。

這關係到整個地區，涵蓋本地全體民眾，非僅僅是軍眷村的單獨問題。而渠道的長度二公里餘，徹底整治，工程不小，費用至大，在當時來說，確是個大手筆。他全心盡力，日夕為此而奔走，除了行政上的機關以外，不少的地方人士與廠主，感其真摯熱誠，亦慨予解囊襄助，使這像是村中的「癌」的髒亂之源根治割除。面目煥然一新，大家額首稱慶。

大的困難解決，小的亦逐步著手，巷衖走道，舖上柏油，街旁側沿的排水溝，用水泥修建加蓋，使每家排出來的髒水引入地下管道向外流洩。處處顯現乾淨清爽，住在這裡邊的人，充分享受鄉村間的寧靜安詳與恬適。

檢討這種種的成就，如就今日來說，沒有什麼可足稱道的，惟在前幾年未有基層建設這個名義，沒有政府的大力支助，那就難能可貴了。當然也並非一蹴而幾，乃是日積月累，點點滴滴匯集而來的成果。如果說叢樹林有過人的才能，不免誇張，然其踏實苦幹，心無二用，竭其綿薄去為地方盡力，去盡其職責所當為，去為民眾謀福利則似他人所不及。績效彰著。眾目共睹，深刻在每個人的內心。

動員戡亂時期自由地區增加中央民意代表名額選舉，上一次是民國六十六年六月實施。由於國民知識水準的不斷提高，社會富力逐次增厚，人民參與政治的愛國情操與時加濃，因而有意角逐登記競選者便十分踴躍，拉票競爭甚為熱烈。

依照政黨政治，民主國家每遇選舉，政黨當提名該黨的候選人，推舉給選民抉擇。中國國民黨循此常規，分別對黨員擇優提名，以最負責的態度向選民舉荐。凡經黨提名的候選人，不惟有發自內心的愛國純誠，亦具有最佳的才智心力，其器識風範與道德情操，自都是一時之選，均是能為國人所信賴。

本文開首曾有陳述，銀聯一村隸屬大里鄉的健民村，所住軍眷，僅佔村民的小小部分，絕大多數都是當地原住的民眾。眷村中的居民雖絕對支持黨所提名，然多數的民眾則是未知數。因此之故，未獲提名競選的或是黨外參與角逐的，或明或暗，或隱或顯，經常到來活動。叢樹林任眷村自治會長，對眷村的所有住戶當然信任有加，惟是外邊的偌大多數，則難以確切把握，於是他逐家拜訪探問，穿梭於閭巷之間，為黨所提名人解說呼籲。精誠所致，並獲保證支持，使上級負責此一地區的輔選單位具有信心，力量集中於其他地區別的候選者，增強了選戰的勝算。

六十九年十二月，為這一次增額中央民意代表選舉之期，他以同樣的真摯熱誠，執行上級交付的任務，做到凡黨提名的，在此地區都獲最高票而當選。

叢樹林係國軍備役中校，戎馬半生，曾充連、營長、科長，副團長等職務。軍人出身，對地方政治素未歷練，但「原則」總是處事的一種規範。依據事實，辨別是非，適切而行即可把握方向，到達正確的目標。當他登記縣議員競選發表政見時，無冠冕堂皇的大理論，無說說便算難以兌現的空談，平平實實，誠懇真摯。

他再三明確的說，我們政府的任何政策和措施，無不是為解決人民的生活需要，使大家獲得最大的滿足和方便。然政府的政策及措施是否能貫徹到底，實施得確具成效，就需民意代表善盡職責，適時督考批評，建議改進，才能使百姓的權益獲得保障，以增進最大的福利。

太平、大里、霧峰三鄉，是台中縣議員選舉劃定的第七選區，名額七名，角逐者十二人，競爭自是劇烈。叢樹林除本地居民一致擁護外，他地的後備軍人與民眾亦普遍支持，因而輕易的便順利當選。

他居住眷村，深知需不斷的修繕整建，才能保持整潔與美觀，故在每年縣政府的年度預算，都為縣轄各眷村力爭專款，作為小型工程費用。六十八、六十九、七十年度各為二百萬元，其情形特殊，需要專業辦理撥款的，亦多獲准通過。

人免不了生病，退役軍人由部隊下來，大率年齡已大，身體較差，其中不少是孑然一身，遇上疾病艱困，乏人照顧與支援，境況最值同情。往昔遇此情形，他發起捐助，但這不是個妥善辦法，再三思慮，向縣政府的有關單位陳說，和議會裡的議員同仁協調，在社會救濟的項目下，自六十九會計年度開始，年編固定的預算，作為急難救助專款，解決此項頗為困擾的問題。

「天下沒有不勞而獲之事」。總上所述，叢樹林之所以普獲支持，時間越久越受擁戴，並不是人們對他有何偏愛，而是他對大眾注入感情，付出心力，一本服務奉獻為其最大宗旨。他是一個忠實的黨員，自六十四年迄今，連選連任大里、霧峰兩鄉地方特區黨部的常委，貫徹黨的政策，奉行的決議不遺餘力，屢獲層級的讚許獎勵。尤其自膺選縣議員以來，更是竭其所能，一方面推行國策，另則為民眾的權益而日夕奔走。語云：「一分耕耘，一分收穫」，不是倖致的。

文後附言

「服務與奉獻」文稿的撰成，經歷了半個多月的時間。一則為對問題瞭解深入，報導詳確，因而進行了幾次訪問；再則為使行文有序，保持其系統連貫，中間的一小部分，曾參照筆者過去所寫的篇章。目的在使人看閱完了，獲得較為完整的概念。

文中敘述的叢樹林先生，是河南省人，在群眾基礎的層面說是談不上的。能獲得若此的普遍支持，其最大的原因是「不負所託」，全心一意的去為人服務。因過去個人曾在同村中久住，其所發生的事實與經過，大多親聞目睹，且有不少參與其中。茲逢徵文，謹以所知所見，彙列整理為敘述體，合成本文。

一九八一年六月

論民生主義合作思想

壹、前言

「民生主議的社會，不是以競爭為基礎，而是以合作為基礎。各階級相互依賴，在互信互愛的情形之下，共同生活，人以其所付出的勞力為比例分沾其利益。如此，人民全體都有生活的機會，有完全的自由，並有充分的娛樂和幸福。」這是先總統　蔣公在民生主義育樂兩篇補述中所說的話。具體完備，充分說明了民生主義的主旨精神。

何謂民生？國父說：「民生就是人民的生活，即社會的生存、國民的生計、群眾的生命便是。」這生存、生計、生命的內涵，不僅是個體生活的全部，亦是群體生活的全部。因此，要使其生活幸福、生存保障、生計發展，生命繁衍，就必互助合作，共同協力，才能達成。

貳、本文

民國十三年，國父在廣州演講三民主義。民族、民權各講六講之後，接著講民生主義。八月三日講第一講，闡述民生主義的原理；八月十日講第二講，講平均地權和節制資本的辦法；八月十七日講第三講是吃飯問題；八月二十四日講第四講則是穿衣的。食、衣、住、行為民生的最大需要，後二項雖未講述，但我們可以從實業計畫中探索研究。先總統蔣公復於民國四十二年作育、樂兩篇的補述，使三民主義成為完整的系統，供吾人去實踐遵行。

「三民主義就是救國主義。主義是一種思想，一種信仰和一種力量。」民族主義第一講，開宗明義便指出了的。何謂思想？辭海的註釋是：「就已知事物，加以思維，而產生的意識現象。」茲就民生主義關於合作思想的種種，試加縷陳。

一、就社會進化說

「物質是社會的基礎，基礎有變動，上層隨著變動。」這是馬克斯的歷史重心說。他說人類行為，都是由物質境遇所決定，故人類文明中，只可說是隨物質境遇的變遷史。實業革命以後，社會上分成資產階級與無產階級，前者的代表資本家與後者的代表工人，因利益衝突不能解決，便起戰爭。推論過去人類的歷史，都是階級戰爭史。由而認定要有階級戰爭，社會才有進化，階級戰爭，是社會進化的原動力。

眾人皆知，進化是人類的共同要求。要進化就得戰爭，那麼戰爭是人類樂為的了。可是「攻城以戰，殺人盈城，攻地以戰，殺人盈野」，其悲慘殘酷，決非人所願見，除非生存有了問題，才被迫為此。故戰爭乃不得已的事，其目的是為求生存，人類不斷的求生存，社會才有進化。社會進化是歷史的重心，歸結到歷史的重心是民生，不是物質。

生存是人類的基本要求。如何使這要求達到更好更美滿，不惟要避免戰爭，且要和衷共濟，共謀發展，那麼除大家和諧合作以外，別無他途。

二、就剩餘價值說

馬克斯研究資本主義從商品開始，因而從價值開始。他採用李嘉圖的勞動價值論，加以美化，因而又提出剩餘價值論。他認為資本家的剩餘價值都是從工人的勞動中剝奪來的。一切生產的功勞，完全歸於工人的勞動。其實「價值基於勞動」的理論，根本與事實不符。因商品價值的決定，不只由於直接的生產者，如勞工；並有間接的生產者，如發明家、冶金家等。不只由於直接、間接的生產者，並由於社會全體的消費者。

民生主義第一講，國父以上海、南通州和天津、漢口各處所辦的紗廠賺錢為例，說明紗廠賺錢不單是工人，提供棉花的種植人，研究改良品種的農學家，供給機器、肥料的製造家、發明家、運輸販賣的火車輪船，最後是那些眾多購買的使用人，都有其貢獻。

社會是整體，社會進步，靠整體利益相調和，大家各獻所能，共享利益，自非部分人便可為力。以紗廠賺錢來說，光是工人是達不到的。

三、就平均地權說

平均地權有廣、狹義之分。就廣義言：包括全國所有土地；就狹義言：則是指都市的地權。都市地權要平均的理由，在消極方面，是預防社會貧富不均及私人投資壟斷；在積極方面，是力求社會財源平均及政府增加收入。實施的辦法是：規定地價，照價收買及漲價歸公。國父在民生主義之實施中說：「以後工商發展，土地騰貴，勢所必至，上海今日之地價與百年前相較，至少要貴至萬倍，中國五十年後，應造成數十上海。上年在英京，見一地不過略為繁盛，而其價每畝約值六百萬元。中國後來也不免到此地步，此等重利皆為地主所得。」此自是最不公平的。

耕者有其田是平均地權的廣義部分。其理由約有兩點，即是為主張社會上的公道及增加農業上的生產。辦法為：限田、授田、租田及保障農民權益。實施的步驟是：三七五減租、公地放領和限田。減租是三十八年二月開始，至同年十二月底完成，減租後四年中較減租前生產量增加百分之四十以上。另則促進工業與穩定糧價亦有不可抹煞的功效。尤其耕者有其田後，因為地主出售土地，全部投資於工、商、礦業，我們今天之所以出現經濟上的奇蹟，實肇因於此。「中國的人口，農民是佔大多數，至少有八、九成。但是他們由辛苦勤勞得來的糧食，被地主奪去大半，自己得到手的幾乎不能自養。」見於民生主義第三講中。因此，平均地權是一致歡迎的，樂觀其成的。

四、就節制資本說

平均地權可以預防大地主的產生，節制資本可以預防大資本家的產生。同時節制私人資本，正所以發達國家資本。國父在民生主義之真義中說：「夫吾人所以持民生主義者，非反對資本，反對資本家耳。反對少數人獨佔經濟的勢力，壟斷社會之富源耳。」限制私人企業經營的範圍，徵收直接稅，社會工業的改良與分配社會化，為節制資本的辦法。明確劃分國營民營事業，徵收累進率真接稅，舉辦勞工保險（經已實施，成效卓著，且政府預計將擴及農民保險），推行合作制度，是節制資本的實施。

「我們中國要解決民生問題，想一勞永逸，單靠節制資本的辦法是不足的，……所以中國不單要節制私人資本，還要發達國家資本。」見民生主義第二講。而發達國家資本的辦法，首為交通，次為農礦，再次為工業。台灣近三十餘年發展的軌蹟，其依循的途徑，正是遵此而行。由而農村繁榮、工業蓬勃。中國大陸要政治學台北，經濟學台灣，可以說是民權主義的，亦是民生主義的。

推行合作制度，是實施節制資本的最後一項，其理想是使消費者不受中間的剝削，使合作社與民營企業並存。合作組織的原則，是社員一律平等，一人一票，不受股金多少的影響，這是它與公司商號不同之處。台灣城市的許多信用合作社，其規程正是如此。

五、就食衣住行育樂需要說

民生主議的主旨，是要為人民解決生活問題。人民生活問題最重要的就是食衣住行之需要。吃飯問題除增加糧食生產外，還要發展海洋漁業和畜牧業。穿衣問題則是改良絲麻棉毛，利用機器製造，我們目前這個問題是解決了的。住與行的問題，民生主義未講述，但於實業計畫中可窺知輪廓。比如說台灣目前國民住宅的興建，高速公路與新港口的不斷闢建，這方面都有可觀與足稱道的成效。

育樂兩篇的補述，先總統蔣公於民國四十二年發表著述。蔣公說：「民生主義教育就是有計畫的教道一般青少年，從民主的生活中，培養自己的人格，發展自己的才能，以家庭的子弟和國家的公民的地位，從事生產的事業，努力於社會的進步和民族的復興。」樂是康樂，一方面身心保持平衡，才算是健康；一方面情惑理智和諧，才算娛樂。必先有健全的國民，始有健全的民族，始能建設富強的國家。

食衣住行育樂，為人民生活的六大需要，其中任何一項，都非一人所能獨任，分工乃為必要。分工愈密，生產力愈大，生產物愈多，而人類所獲之幸福，乃可隨而提高。惟分工必以互助合作為條件，因為人不能離群索居，必須互相依存，以其所有，易其所無，而後才能各遂其生，過著最好的生活。

參、結論

民生主義建設的最高理想，是禮運篇所說的大同社會。在此社會中，就經濟制度言是「人不獨親其親，不獨子其子」；就政治制度言是「選賢與能，廣信修睦」。更而老有終、壯有用、幼有長而至矜寡孤獨廢疾者皆有所養，安和樂利和諧敦睦，成為天下為公的永久和平世界。

綜上以觀，民生主義雖是包羅廣泛，端緒甚多，其目的都在養民。但要使人人各適其適，各達其願，則必須彼此協力，互信共行。由此吾人可以論定，民生主義以合作思想為主流，其理至明，亦是確切不移的。

興大青年，一九八五年一月

註：中興大學教師、職員、學生徵文賽，本文獲第一名。

接收市橋

民國三十三年底，我那部隊在廣西桂平和日本鬼子作戰，打了三天兩夜，擊潰來犯日軍，虜獲大批輜重馬匹。等我方的傷亡善後處理完了，論功行賞，單就我那一個團來說，團長任副師長，副團長升團長，團附調營長，挨次遞補佔缺，晉階升官的就有不少人。

因為戰後需要充實整補，三十四年元月，我部由廣西移至粵南，駐在茂名、化縣、廉江等地，一面訓練，一面接收新兵。官兵每月的副食費只有法幣三十元，大米飯尚可吃飽，菜則是黃豆、青菜與一些魚乾。當時我初進團部服務，每日還有三餐，營、連普遍只吃兩餐。團部的早餐是稀飯，佐以小鹹魚與少許蘿蔔絲。

五月間，待遇調整了。副食費由月的三十元增至三百元，一下子加了九倍，且追溯到元月份起！大家歡聲雷動，餐餐雞鴨魚肉，市場供不應求，還派人到鄉下去收購。部隊吃不完的，就送給借住的民房主人，別的村子看在眼裡，都歡迎我們去。團屬編制最大的連是運輸連，人數比一般的連多好幾倍，原因為當時實行焦土抗戰，所有公路徹底破壞，團的後勤支援全靠人力。他們人數眾多，菜不好買，便購整條牛、豬回來，自己宰殺。雖然天天大魚大肉，我們的副食費仍有剩餘，月底就結算分給大夥兒。

經過半年的整訓養息，部隊向前開拔。我們團裡一個加強連七月中旬在廉江良洞與敵接觸，收復三個據點，俘敵五名，押回後方。看到鬼子俘虜瑟縮呆滯，一副可憐兮兮的樣子，我們的士氣大振。正準備全面攻擊，奪回原為法租界的廣州灣時，傳來日本全面投降的消息，全國瀰漫在一片歡欣中。

八年抗戰終於勝利了！淪陷區光復，我團奉命接收位於廣州市側邊、為番禺縣治所在地的市橋。我們由原駐地行軍前往，經電白、陽春、陽江與四邑等縣，所經之處，有的陷敵已久，為使「渴望王師」的當地人一睹國軍姿容，每人先發一對新綁腿、一套新軍服、一頂新竹帽，經過這些地方時再穿戴起來。軍服是染黃了的薄粗布，鬆鬆疏疏的，現在再也看不到這種布料了；竹帽叫銅鼓帽，中間隆起如頭大，邊緣比肩稍寬，下雨戴上，平時蓋在背包的外面。

四邑是恩平、開平、新會、台山四縣的簡稱，屬於珠江三角洲的範疇，河道交錯，物阜民豐，原是魚米之鄉。但自淪陷之後，受盡壓榨剝削，許多房屋僅剩斷垣殘壁，可供燃料的木板建材全被拆掉燒光。台山最多華僑，村落率多是二、三層的水泥樓房。幸好是水泥建造，拆無可拆，勉能完好保留，但往昔僑匯源源不絕，家家錦衣玉食，如今卻十室九空，難得看見幾個人影。

廣東的偽軍總部，即設於我們的接收地市橋，也是漢奸及偽軍大頭目諢名李狼雞的老巢，據說汪精衛的妻子陳璧君曾來過多次。這兒蓋了很多簡單的大倉庫，將能搜刮到的物資運來，供應日軍與偽軍。在日本投降後我們部隊尚未到達時，這裡在政治上成了真空，於是當地人稱為「大天二」的兩個盜匪結夥翦徑殺人，姦淫擄掠，到處橫行。等我們到了，他們依然肆無忌憚，搶劫輪渡，被我們逮個正著。經過審問，呈上級核准之後，決定將他們公開就地槍決。

那天驗明正身，被執行的二人綑綁手腳，並排跪著。宣判官是團附，將奉准的電文宣讀完了，在長長的名牌上硃筆一鈎，旋由警衛分別插在他們的背上，饗以酒食。團部副官任監斬官，披掛整齊，騎著駿馬，一個加強步兵排荷槍實彈，槍上刺刀，取道市街押解往不遠的墳場地。這兩個傢伙強作鎮定。照吃照喝，還對著層層圍觀的百姓說：「十八年後，又是一條好漢！」

經過我大力整頓，市橋的治安很快恢復正常，地方行政迅速重建。我們的接收任務圓滿達成，就移往清末百日維新的康有為故鄉——南海佛山去了。

聯合報副刊，一九八五年八月

註：抗戰勝利四十周年，聯合報舉辦「抗戰與我」徵文，於一千一百三十七篇中選二十六篇，本文為其中之一。

結束了那段艱苦歲月

民國三十三年元旦，我縣舉行「智能比賽大會」，以縣裡的中學為單位，分別組成隊伍參加。

我縣（註一）位於粵桂邊區，適是雲霧山脈的雲開大山中心，崇山峻嶺，坡度陡峭，山多田少，文化、經濟都很落後。就廣東全省來說，是屬於三等的縣份。學校甚少，一般讀書的都上私塾，較為富裕人家的子弟，讀了幾年私塾再上小學，能上中學的年齡就更大了。

對日抗戰開始，許多沿海及較為繁華的地區，多相繼被鬼子佔領或濫施轟炸，民眾紛紛向內陸挺進。我縣的山高林密，偏僻阻塞，正是他們的目標。除了大批的人湧到外，學校機關，遷來復校與設立的，更是前後踵接。前者如廣州的勷勤學院、香港的仿林中學；後者如廣東省政府南路行署，都先後在這裡建立起來。寂寂山城，頓形熱鬧，政經文化隨著節節升高。

是時，抗戰已進入第七個年頭。海運斷絕，民生物資奇缺，夜間照明用的煤油，來源不繼，只得就地取材。有的砍伐樟樹蒸油代替，有的以小竹樹枝搥打爆裂，放入水中浸泡經月，撈起晒乾，用作點燃照亮。不論初、高中，學生一律穿草鞋，我中學六年，冬寒夏雨的上課走路，腳上穿的都不曾變易。初中起實施軍訓，使用的是木槍，由各個教練、班排教練而至連教練。各校都發有幾支真槍，是教大家瞄準打靶練習射擊用的。

且說各校為著參加縣的比賽，在學校裡也比照舉辦。屬於「智」的範疇是國文、書法、繪畫與話劇；屬於「能」方面的是籃、排球與田賽徑賽，分別依項目選拔。我讀的是農校，其時是高三，國文與排球被選中為代表，賽前兩個多月都為這二項的練習而忙個不休。指導我國文的老師是梁啟超的同鄉新會人，戴著深度的近視眼鏡，說的話與純正的廣東白話頗有差距。要我特別著重國父遺教、蔣委員長著作之「報國與思親——五十生日感言」、出版未久的「中國之命運」。每週命題作文一篇，批改交回，囑須默記內容，好作賽時的準備。

當時縣裡的中學有八所，其中一半是外來的，本地的四所有新成立的農校及師範，較原來只有一所普通中學增加了甚多，也是政府宣示「一面抗戰，一面建國」的真實寫照。參與國文賽的代表每校二人，十六人集中一間教室，每人佔一張課桌，作文題目用粉筆寫在黑板上。我看罷心裡發毛，整個人愣了起來。

原來出的題目是「智識青年從軍的意義」，是過去做夢都不曾想到的。「十萬青年十萬軍」進行得風起雲湧，而我們卻毫未留意。雖集中全神，專注苦思，但腦中一片空白，不知如何落墨，作文的時間是兩小時，三十分鐘過去，仍理不出半點頭緒。暗窺左右，人家揮筆疾書，已寫好近張的十行紙。心忖如此乾耗於事無補，總得擠一些東西出來。當時的寫作慣用文言，乃信手引：「國家之治亂，繫於社會之隆污；社會之隆污，繫於人心之振靡」作開頭，闡述智識青年的從軍乃救亡圖存，而其目標則為使我國家與國民，達到國際的地位平等與政治、經濟的地位平等，實現三民主義，以臻於「禮運大同篇」的境界為結論。寫罷交卷，我是最後一人，步出教室，老師在門口迎接，我再再以「未曾寫好，愧對老師及學校」致歉。他則說：「這麼壯懷激烈，震鑠古今的大事竟而忽略，我應負主要的責任。」頻頻向我勸慰。

排球賽除各校的隊伍外，當地的機關也共襄盛舉，共計十二個單位。賽排球現今是六人制，那時打的為各九人，雙方分前、中、後三排。我的位置是後排中，任守與供球的主要角色。苦戰多日，在最後一場爭奪亞、季軍的比賽時，同校初級部的同學傳來捷報，由在場觀賽的校長當眾宣布，謂我的國文於給獎四名中獲第二名。一時掌聲四起，我隊精神振奮，結果打贏了這場球。

我的學校是縣立，校舍由舊制的高等小學遷讓，近山靠河，距縣城三十多里，掩蔽良好。但在日機多次對後者濫施炸射後，我們為了安全，仍須常走警報。蔬菜學是大家喜歡的課程，芥蘭菜為新引進當地的品種，碧綠脆嫩，清鮮可口，廣受歡迎。它最受肥，炒時要火大油多，故講授這門課的老師說它是「生在糞窩，死在油鍋」的那種語調神態，至今仍似歷歷如昨。同學中的一位好友陸擴農，每次躲空襲，總不忘將它的種籽隨身攜帶。

日寇侵華，遍地烽火，我軍民死傷難以數計，大半河山為其鐵蹄蹂躪，生民塗炭陷於水深火熱之中，是我中華民族曠古未有的浩劫。為喚醒全體同胞，共同參與此一抗敵聖戰，我初高中兩個階段，都廁身於學校組成的各種宣傳隊，到各通衢市墟（註二）演話劇、貼標語、演講。並組有晨呼隊於黑夜中出發，黎明前到達，集體唱軍歌，朗誦「國家至上，民族至上」、「軍事第一，勝利第一」、「意志集中，力量集中」口號。

高農畢業過未久，中央軍校二、四、六分校，由主任葉其峰上校，在廣東省羅定縣城設考區招考新生，我邀同一位姓羅的同班同學前往應試。

照現在的交通狀況，由我家鄉至鄰縣羅定，坐汽車頂多三個小時便可到達。只是那時實施焦土抗戰，所有橋樑公路都已挖斷，行旅全靠徒步。我們翻山涉水，曉行夜宿，第四天的傍晚才抵目的地。

因為交通如此的不便，來回一趟如此的艱困，我們在離家時，就打算在那裡等候放榜的。試考完了無所事事，在羅定城閒逛，遊玩附近的名勝。所帶旅費不多，確實放榜日期又無把握，惟有儘量的節省著用。聽說臨近河邊的那間大茶館，一味醬油排骨遠近馳名，也不敢去問津。

我不知現今軍校招生的情形，那時筆試之後要行口試。考試官除問個人的志趣與家庭狀況外，並詢及考試的內容。有一道數學題：日機一架，正垂直對正五公里外的一座塔頂上空，原地看的仰度二十五，問它的高度及距離？這是三角形已知二個角一條邊，求另外兩條邊的問題，且甫行考過，輕易的便答出來了。

考完後的第三天，敵機突然來襲，情況也跟著緊張起來。據聞湖南的敵人攻向湘桂路，廣州方面的日軍也溯西江而上，指向廣西的門戶梧州，羅定為其攻擊的目標，我們倉皇後走，至「瀧水」已是午夜，疲勞慌急加上飢渴，再也走不動，在路旁的屋簷下睡了下來。

第二天早晨醒來，天已大亮，不但我那位同學不知去向，即同一道來的一大群人亦失去蹤影。初出遠門，遭此困厄，內心惶懼萬分。且感渾身發熱，頭重腳輕，通體都十分不對勁。勉強的沿江而行，走走歇歇，太陽愈來愈大，雙腳也越來越重。好不容易走近一山邊人家，想討些飲食及探詢兩日間的情形，不知怎的眼睛一黑，什麼也不知道了。

悠悠醒轉，發覺自己躺在一間柴房的木板上，靜悄悄的沒有半點聲息。舌焦口乾頭痛欲裂，太陽光斜斜地從門縫外透進，大概已是下午時分。掙扎再三，總算坐了起來。這時柴門輕輕地被推開，一位老太太由外面進來，只聽她說：「啊！菩薩保佑，謝天謝地，你終於醒來了。」

由這位老太太的陳述，得知我是患病發高燒，沒有休息與調理，一時昏迷過去的。他們發現後，從我的衣著穿戴，判定是外地遠來，跋涉長途逃難的。乃好心從路邊扛了進來，正屋不方便，就安置在側旁的柴房裏，已經一天多的時間。我除致衷誠的感謝外，並將我所經歷的情形詳細地報告。他們的愛護照顧，吃了幾服濃濃的草頭藥，在那裏住了幾天，身體才慢慢復原。

記得是一星期後，傳來日軍已被擊退，縣城光復的信息。心懷喜悅，立即沿原路前往，專程探查考後的情形。再經瀧水時，看到樓房屋宇櫛比，依江興建，是一個大大的市鎮。前次匆忙，未遑細觀，想不到竟是如此輻輳的大地方。據說這裏在隋朝即設為縣治所在地，直至元代始向現址遷移的，也就難怪了。

前後不過半個月，縣城重遊，狀況判然有別。市面上冷冷落落，往日那種熙熙攘攘不復存在。考區辦事處遷到何處？東查西探，都得不到半點消息。茫茫前路，不知何去何從，只好回返家鄉。一路上人孤影單，長途漫漫，回想來時景況，悵惘寥寞之感，籠罩整個心頭。

大約過了兩個月光景，忽接那位一道赴考的同學來信，訴述了那天逃難離散的情形，續說我二人都已考取。只是湘桂路陷敵，桂林、柳州失守，去路攔腰被切斷，雖已錄取，亦無法應召前往了。

其時縣建設科之下設農業推廣所，所編制主任一人，指導員二人，佐理員三至五人，負推廣、改良農業之責任。我去軍校不成，便到所裏任職，加入了公務員的行列，在城北的一個農場裏工作。

舊有的城牆用大磚砌成，高峻堅固，厚實難攻，惟時移勢轉，為使民眾空襲時疏散方便，經已全行拆除，僅留下東西南北四個城門供人行走。城北本空曠，城拆後拓成一十分闊大的廣場，凡縣較大的集會或運動比賽都安排在這裏。是年年底的一次歡迎受傷美空軍，也在這個地點舉行的。

那天參加歡迎的單位有各機關團體及各學校，持著中、英文的標語，黑壓壓的站滿一大片。據主持人的報告，謂美機七架，飛赴南中國海轟炸日軍艦艇。任務完畢回航，在海南島附近上空與敵機遭遇對火，打下了三架日機，可是他們二人這一架亦被擊傷，強飛滑進內陸跳傘。由於不明當地的實情，躲躲藏藏，折騰了一天始被我方尋獲援救。被歡迎的二人分別站在主持人左右，一個體格魁梧，精神頗佳；一個左臂紮著綁帶，用紗布吊在頸項上。

民國三十四年初，我鄰村的一位李乃震先生回家省親。他新任團長未久，緣於部隊在廣西桂平與日軍作戰，擊潰來犯之敵，虜獲輜重馬匹甚多，戰果輝煌，因而獲得升充，由於戰後需要補充養息，由桂入粵，在我們鄰接的化縣、茂名一帶整訓，利用時間回家一趟。他騎著一匹駿馬，數十人組成的特務排衛士前後護行。抵達家門後，士兵安置住在附近的一間廟裏，他只帶其中二人到各親友故舊家拜訪。

我隨李團長出來從軍。流光如矢，幾個月晃眼過去，我們的整補訓練告一段落，奉令向前開拔。七月間我一加強連在雷州半島北端，廉江縣屬的良洞村與敵接觸，幾次衝殺後收復了三個據點，俘敵五名押回後方，引起很多人前來觀看。看到鬼子畏縮呆笨，一副可憐兮兮的樣子，益增我們勝利的信心。正準備配合友軍全面攻擊，奪回已經陷敵，原為法國租界的廣州灣時，傳來日本無條件投降的消息，全國瀰漫在一片歡欣中。

八年抗戰，終獲勝利，頑敵屈服，國土重光，結束了那漫長的艱苦歲月。

台灣日報副刊，一九八七年六月

註一：信宜縣，在粵南茂名縣東北，古稱高梁山。輿地紀勝：「山中盛夏如秋，改梁為涼，故稱高涼。」依省立臺中圖書館所藏縣誌，其地往昔曾歷受虎患。

註二：「墟」是一種定期市場及多人集居之處。按地區的不同，分別以農歷每月上、中、下三旬之一、四、七；或二、五、八；或三、六、九日為交易日。屆時商客四至，互作買賣，日中開市，日落結束。

我的寫作歷程

應出版商之邀，要印行我的文集，就我已發表過的文稿中，湊合成十萬字之數。在剪存的簿子裡，一篇篇的挑選，一篇篇的計算，要剛好為十萬，實在不易。因為有的篇章長，有的則過短，不覺耗費了一些時日。

我過去出版的書都是在報刊上登載過的。近十餘年來，寫作投稿，成為我日常生活的一部份。於擔任公職時，雖案牘牽絆，然稍一閒暇，或於一些空檔無所事事之中，腦筋便不期然的鑽入這一框子內。尤其在夜裡萬籟俱寂，就床未入睡前的短暫時刻，一些已撰好的片段或已投寄而未登出的稿件，都會不經覺間在腦海裡翻轉。這或許是心無旁騖，思慮單純，翻啊轉的就睡著了。

人對為文最不妄自菲薄，大都以為「自己的文章好」，故曹丕說：「文人相輕，自古而然。」每當我想到自己的遺詞命句而滿懷舒暢，全身鬆弛，四肢百骸，似在一種無拘束牽掛的情況下便酣然入夢。因此，對我來說，「失眠」是甚少有的。

入睡前有上開的想法。而午夜夢迴或在早晨起床前，日間閱讀與所經所見所生出的一些內心感懷，便會在這個時間湧現。從單一的思維，逐漸形成概念，下一篇的文稿影子於是萌芽。我過去的寫作，就是走在這樣的一條路子上。

對人許了承諾，就得實踐。為印一本書湊合字數，於翻閱舊作之中，一篇隨我數十年，歷經千山萬水，在民國三十四年（一九四五年）登載於廣州的大光報的「讀者投書」赫然入目。它是我第一遭見報的作品，紙面班剝泛黃，有些已模糊不清，寫的是對日抗戰勝利時士兵生活的種種。算算字數剛好與選定的配合。儘管見解膚淺，用詞拙劣，難登大雅，惟平鋪直敘坦誠率真，且曩昔當兵時歷練許多往事，行伍間的點點滴滴，似乎一幕幕的浮現眼前。滿懷興奮之餘，敝帚自珍，亦將它編了進去。

就寫作的人來說，第一篇文字見報，無疑是一重要關鍵。若果繼續努力，不停地灌溉耕耘，定有可觀的收穫。無如其後戎馬倥傯，南北奔馳，加以國事日非，局勢逆轉出人意外，隨帶家小四處飄蕩，生活的擔子緊壓雙肩，既無時間也無心情去雕塑描繪，一停下來便二十多年。民國六十年由軍轉政，進入一所大學裡服務，制式定時的起居生活，靜極思動，有一股念頭時時衝撞，由而再慢慢的塗起鴉來。

我服務的這所大學，是每年都辦理大、專聯招的。幹了半輩子軍人，忽而進入完全陌生的環境，事事都覺新鮮。於溽暑酷熱之中，兼任此作育英才之事，兢兢業業全力以赴外，並將各個階段的心得感想，串聯成四千字左右的篇章，不假思索便投向那時享譽最隆的中央日報副刊，居然一個星期之後刊布在最顯眼的正中版面。給我莫大的鼓舞，又燃起我重行執筆的勁道。

有了好的開始，繼續努力，除了國內的報刊外，香港的新聞天地，也採用了我不少的稿件。參加過多次特定的題材徵文，於眾多的競逐之中，有幸名列榜上，付出的心力，也幸未曾白費。

十餘年來，我發表過的篇什，大都是日常生活的所見所感，樸素無華，縷述的全是至情至性的傾訴，流吐我對人生、家國的熱愛。一些閱讀後的觸類旁通，由而啟發的心得淺見，別人未曾談過的，也不時撰述披露。或許受主編先生的青睞，其故在此。「千層浪」是我印的第一本書，沈謙博士即以「平實之中見真情」為題為我作序。

從事寫作雖有不少時日，然時時仍在摸索之中，提不出好的意見以示人。主編中副多年，筆名仲父的孫如陵先生，曾前後兩度來中部與青年朋友談「寫作與投稿」講演。第一次在台中市興大，第二次在彰化文化中心。在興大時說文章的變化靠「行為」，行為才能創出能力——寫作的能力。他說這種能力與家世財富無關，必須多寫，才能於自己的行為中鍛鍊出來。如何多寫？最簡單便是從寫日記開始。日記可記的事範圍甚廣，每天二、三百字持之以恒自會流暢與變化起來。他說文章被老師、同學說好是不夠的，必須投稿，在許多角逐者之中選留下刊出，才算是好。不少的作家成名，便是由此而來的。

「文章的呼應」是他在彰化講的主題，引孫子兵法中的「率然」作開端。何謂率然？「率然者，常山之蛇也，擊其首則尾至，擊其尾則首至，擊其中則首尾俱至。」以作文章要處處照應的闡明。

有關日記之有助於寫作，以我個人的體驗，最是確切。上開曾說過，我雖然停筆二十多年，但記日記則從未間斷。臺海戰役的「八二三」砲戰，過了多年，不少的報刊每每為回顧與紀念而辦理徵文，我多次應徵皆能入選，實得力於寫得真切，這全是來自那些日記。而第一次敢貿然向最大的報刊寄稿，亦自審寫得並不太差，無疑是居功於日記的份上。

至於「呼應」對為文的重要，不論古今中外，莫不如此。韓愈之「師說」，短短不足五百字，開頭說：「古之學者必有師。師者所以傳道、受業、解惑也。」最後強調求「師」，是基於「聞道有先後，術業有專攻」之故。蘇轍寫「六國論」，首段說六國之所以敗，乃因「慮患疎，見利淺，不知天下之勢」，末段「貪疆埸（邊境）尺寸之利，背盟敗約，自相屠殺……，秦人得以伺其隙」作呼應。

我國古典小說羅貫中的「三國演義」，第一回開首：「話說天下大勢，分久必合，合久必分」，由漢末之亂，由合而分。最末第一百二十回：「荐杜預老將獻新謀，降孫皓三分歸一統」，三國歸於晉帝司馬炎為一統之基。此所謂「天下大勢合久必分，分久必合。」作結束。

英人狄更斯（1812-1870）寫的《雙城記》，開首便標出：「那是個最好的時代，也是最壞的時代；那是智慧的時代，也是愚蠢的時代……我們大家在一齊走向天堂，我們大家一齊走向地獄。」閱讀全書，沒有一處不作回應。有最奸險的，也有最善良的；表現了最光明的，也揭露了最黑暗的。

寫作之途，歷程艱辛，最要緊的是耐得住寂寞的煎熬。我之樂此不疲，耗費了無可估計的時光而未曾中輟，細加思量，多少與少年時讀典論論文的「文章，乃經國之大業，不朽之盛事」有關，故而想「留一點東西下去」的念頭便常常在胸臆間迴盪。當然，這不過是個人的幻想而已。

中市青年季刊，一九九〇年五月

註：本文系應《中市青年》主編秦嶽之邀以「名家」的身份與青年共勉寫成。

得意莫盡歡

民國三十九年九月，我考進了國防部政幹班第一期，在新竹崎頂的山上營房入學。經過十七週的薰陶，四十年一月，移往北投，原是跑馬場的幹校復興崗。

政幹班第一期有十幾個中隊，人數比一個步兵團還多。其時跑馬場破落零亂，處處雜草，經我們這一群人勤加整理，面目煥然一新，旋即結業分發部隊服務。

我那個中隊分發往同一步兵師的有七人，師部駐苗栗銅鑼，報到後我被派至不遠的三座厝任連幹事。住的竹房子，每棟每間裡裡外外，包括桌椅床鋪，全是官兵往大湖砍伐竹子運回搭建的。

「東方發白，大家起床，整理內務，打掃營房，天天操練，身體健康，」是「戰士的話」的起首幾句，由總政戰部發下部隊要大家唸，我白天和官兵一起操演，早晚點名則教「戰士的話」。由一句一段而至全篇全體齊聲朗讀，最後測驗，每一個人必須能背誦如流。

我初由政幹班出來，學到東西不少。而班裡的訓練，許多課程，亦針對部隊的實際需要而開設的。國際情勢的分析，為何而戰、為誰而戰的解說，民主極權的體認，軍歌體操的練習等都深植於腦海之中。到部隊後逐次施展，普受官兵所喜愛。

過後不久，師舉行擴大紀念週，所有部隊齊到銅鑼國小的大操場集合。儀式告一段落，師長抽測「戰士的話」的教讀情形，我的連中簽。在司令台前排成U字形三面。正面面向師長，第一面背唸第一句，第二面第二句，第三面第三句，週而復始的接續下去，直至一字不漏的全篇背完。聲音宏亮，精神抖擻，贏來全場熱烈的讚譽和掌聲。

這不僅我那個連出了一個鋒頭，我的營與團也同沾光彩。我這個由始至終，負講解教唸的人自然功不可沒，一種歡欣愉悅之情常溢心頭。營裡團裡一些較大的活動，也每被指定參與，不少場合，缺不了我這個人。

駐在三座厝的部隊，一星期有幾次集中朝會，司儀多由我擔任。典禮進行時，我站在台上，面對台下二千多人，依著程序，唱國歌之後升旗，升旗完了領導大家舉手呼口號，想不到就在最後呼口號時出了紕漏。

口號只有六句，每句六字，自恃熟記未備稿子，在唸到倒數第二句的「解救苦難同胞」時，不知怎的，忽而失了記憶，怎麼也連不下去。

僵了半分鐘，團長鐵青著臉步上台上，大聲宣佈：「解、解什麼？解散！」我愣在當場，所有焦點向我集中，窘得無地自容。看隊伍一隊隊的帶開，恨不能立刻鑽入地縫之中。

這是已過了四十年的事我仍牢牢的刻在腦海。它本是最簡單不過，之所以造成如此尷尬，全是自己的得意忘形，不作適切的準備。

我在部隊服務時，參加考選部舉辦的高等「教育行政」檢定考試，考了三年通過七科，取得了應考高等考試資格，再而報同類科的乙等特考績優錄取，具備了公務員的任用條件。

民國六十年我退除軍籍，到一所大學裡工作。我辦的是教務，職掌學生的學業成績。學校是中部的最高學府，我任職的單位除了承辦教務外，兼辦每年大專聯考一個考區的招生工作。工作雖忙，惟是固定時間上下班，比過去經常的本島外島，四處流動，生活上差異甚大，獲得前所未有的安定。公餘之暇不時握管塗鴉，實現年少時一些夢想。

我是學教育的，在檢定與正式考試的過程中，多門專業科目的各種著作，自行購買之外，並到多處大圖書館去借閱。那時沒有影印機，讀完之後，重要的綱要內容，全靠於漫漫長夜中摘錄筆記。下過不少功夫，也留下頗為深刻的印象。

幹了半輩子軍人，突然有一八〇度的轉變，到學校裡服務，事事都覺新鮮有勁。每辦一項業務，雖是初臨斯境，然其中某些不合理之處，尤其有關大專聯招事宜，輒便為文公開提出改進之道。由於事實俱在，文稿常被各報刊登。如准考證遺失的補救，畢業證書不宜亂蓋戳記，論高中學力鑑定，大學規程的修正等咸為相關單位所採納。十餘年間，發表過不少篇章。

我把有關這方面的文章集印成書。七十四年五月，大學聯招考試科目研究小組在惠蓀林場召開會議，其結論備提供教育部聯招改革小組。該一承辦單位。就購了我這本書數十本贈送與會的大學校長參考。

在我服務那所大學，所有行政人員中，具有最完備的「教育行政」任用資格的，只我一人。工作上的表現，曾獲多次獎勵，而人際關係，亦受各方好評，可說是意氣風發，衷心歡愉。熟料就在此時馬前失蹄，出了一件最遺憾的事。

上文說過，我那單位是兼辦招生的。我校招收插班轉學生時，由報名至考試，全依大專聯招的方式辦理，放榜之後，排定期限由考生申請查分。我掌管核算與排定錄取名額。有位考生到我辦公室來，訴說他的一科分數過低，疑有錯誤，請准復查。我信手拿出原卷，卷面的總分相符，細看內頁，真有一題評閱的教授未將其分數加上，差了幾分，致而落榜。

全國每年各級學校的招考，於榜放完了，莫不有因查分而補錄取補分發的。但自認經辦這項業務，駕輕就熟，竟因志得意滿而當場出醜，像極了陰溝裡翻船。

我這一生的工作歷程中，經歷過許多挑戰，都能順利完成。而上開二事，本極簡易，卻由於得意的疏怠而發生，刻骨銘心，每一念及，懊悔無已。

古今藝文，一九六九年五月

註：本文為省教育廳徵文社會組入選。

攜手同心邁步向前

——「抗戰勝利五十周年」徵文得獎作品

我家先輩幾代單傳，父親生我兄弟妹六人，一下子成為八口之家。人丁興旺，家庭有慶，受到關愛者的祝福，惟是生齒驟繁，過活艱困，卻成為難以解決的沉重負擔。

故鄉山高林密，地狹人稠，可以生產耕種之地少，大半的農田多為少數地主所有，佃戶承租不易。我家最初人口簡單，父親靠土地買賣的仲介業維生，自我兄弟輩次第降臨後，食之者眾，為長遠計，非改行從事穩當的農耕不可，父親乃乘一次媒介土地成交的機會，租到一處窪谷裡的整片梯田，我們全家遷往耕種。

那時對日抗戰已進入了第三個年頭，全國奮起，參加這一民族生死存亡的聖戰。厲行征兵「三丁抽一、四丁抽二」的兵役制度，青壯男孩紛紛入營，共赴國難。我大哥亦進縣的自衛大隊，擔負起維護後方地方治安的工作。

日本侵略我國，不以佔據富庶的通都大邑，交通樞紐為滿足，其目標是以整個中國為範疇，要變成他的版圖，任其宰制的殖民地。粵南的靠海縣分與雷州半島，本屬於落後的邊陲地段亦不放過，歷遭姦淫屠殺掠奪，使許多當地人拋棄家園，離鄉背井，千艱萬難投奔到我那僻隅的山縣來避難。我家因遷往更深的山區，整個屋子是空著的，就借讓先到的兩家居住。

由於外來的人口日逐增多，淪陷區的學校亦陸續遷來復校，我那岑寂寥落的山城繁華熱鬧起來了，工商業隨而興盛，人們謀生的路子便多了起來。

我家遷到山裡去，原是耕種梯田的，因緣際會，加添兼幹起了「釀酒養豬」的行業。林深木茂，燃料不虞匱乏，水源充足，梯田由高而低，一塊接著一塊。水質清純，上進下注，日夜涓涓不停，引進屋內製酒，泉甘酒洌，口感甚佳，普受消費者的歡迎。數年之間，創出了口碑與不錯的聲譽。

酒是用米製成的。以我家鄉的話來說，有單蒸、雙蒸、三蒸之分。所謂單蒸；即是一斤米、一斤酒，像目下臺灣公賣局的米酒；雙蒸：是用米酒加釀再蒸，類似市面出售的「二鍋頭」；三蒸；則以雙蒸加釀再蒸，是烈酒，可引火點燃，與高純度的高粱酒無異。我家除了做米酒外，並做藥酒、果子酒，批發到市裡的分銷店瓶裝零售。米釀了酒之後，剩下的糟粕，是餵豬的好飼料，養了多條母豬，蓋了幾間豬舍，一批批的豬仔養大養肥出售。豬的排泄物乾的濕的，正是貧瘠山田所種作物的上等肥料，隨著梯田之水，流遍各塊農地，使生長茂盛而普獲豐收。另一方面，稻穀輾米，剩有不少的米碎糠粃，以之飼養家禽，使雞鴨成群成隊，恰好滿足了父親喜酒好客之所需。

我在家裡排行老二，自從大哥入營服役後，我成為家中的主力。製酒來說簡單，其實有不少訣竅，在用酵母釀醞的一個多月過程之中，配料、水分、溫度、氣候等都疏忽大意不得，才能造出好酒。因為生意不惡，我獨力難以應付，乃請了兩位長工幫忙。凡種田、砍柴、稻穀買進、酒類外運等粗重的挑擔工作，都請僱來的人承擔。

不可諱言，做這個行業是頗有可為的。米變成酒，已有相當的利潤，糟粕餵豬，一年數批出售；豬糞肥田，稻作豐收；牲畜成群，不但使年節拜拜的牲禮供品豐盛，平日也可不時的打打牙祭。

梯田上下連接，春耕時頂端的水塘放流鯉魚幼苗，魚隨水走，待至穀黃稻熟，滿坑谷的每一塊田，都有活蹦蹦的魚兒，收割時「紫蘇燉鯉魚，香過隔離村」，是頗令人垂涎的。自然我家的生活，比過去獲得了不了的改善。

我讀書時，學業成績大都名列前茅，高小畢業後以最高的名次考上初中，可是家庭貧困難以支撐，不到半個學期便行輟學，在家就業得心應手，全力以赴，興致高昂幹得最有勁時，因大哥服役期滿退伍，營業有人主持，家裡的經濟狀況亦較好轉，父親要我重穿校服，插考初二再行入學。

因為停學了幾年，年齡較同學都大，學生的課外團隊多被選作領導。如為抗戰而組成的宣傳隊、歌唱隊、話劇隊莫不參與。有一個晨呼隊，黎明前到各大村鎮去貼標語、呼「意志集中，力量集中」，「有錢出錢，有力出力」等口號，亦唱「大刀、向鬼子們的頭上砍去！」「我的家在東北松花江上，那裡有茂密的森林，那裡有年老的爹娘！」等歌曲，天明未明之際，聲音迴盪，喚起全民的奮發。

日本亡我滅我，處心積慮甚久，其所以選定民國二十六年，無疑是看到中國的勵精圖治，「黃金十年」之後，國勢蒸蒸日上，不斷茁壯，越到後來越難下手，故發動了「七七」事變。我們在全面抗戰之中，固極艱苦，然而最高當局秉持的「一面抗戰，一面建國」的宗旨始終不變。各縣奉令普遍設立簡易師範學校，培養師資，以振興教育；成立初、高級農業學校，以改良農業，增加生產。我適逢其會，就是讀新成立的初農、高農畢業的。

民國三十年十二月，日本偷襲美屬珍珠港，太平洋戰爭爆發。英、法等國在我國的租借地亦被日軍佔領，使我國多年來的獨力戰爭，變成了世界之戰。這無疑是侵略者瘋狂於殊死戰掙扎之所為，故設在粵北韶關多年的廣東臨時省政府淪陷，廣西的門戶梧州失守，粵漢湘桂鐵路都被打通，真是危機重重。然危機亦是轉機，政府發出了「一寸山河一寸血，十萬青年十萬軍」，號召智識青年從軍，由而風起雲湧，所有血氣青年，請纓入營的難以勝計，我亦入了國軍行列，親身參與對日的聖戰。

「暴政必亡，侵略必敗」，早有名訓，日本的頑強，亦擺脫不了這個千古成例。我們抗戰勝利，使失去了五十年的臺灣重歸祖國懷抱，在一片殘被衰敗的廢墟中，政府整軍經武，全國同心一德，從頭建設。我們那個部隊在四十七年的「臺海戰役」凱旋回臺，稍事整補，再戍馬祖，經營戰場二年半，著有功績。

四十八年的「八七」水災，中部地區堤防潰決，田舍被毀，人畜死亡，受了極大的損害。五十一年我們奉命由馬祖回防，全師參與兵工建設，整個部隊投入了南投，彰化貓羅溪、大里草湖溪的重建工作。部隊自建房舍，居住於河灘上搭蓋的草棚之中，官兵胼手胝足，夜以繼日，數月之間，加高加寬加大，築好了堅固厚實的堤防，庇護了側鄰的許多良田村莊。

流光如矢，忽忽便數十年，草湖溪的堤防就在我的村邊，現今朝夕在寬闊的堤上漫步。它壯碩完好一如往昔，常常想起那時的辛苦修築，砌石挑泥，一塊塊一擔擔的堆高填壓，共同戮力以赴，彷彿就在目前。

「羅馬不是一天造成的」，臺灣的繁榮富庶，民生豐裕，由最低的村里鄰長開始，明年最高的國家總統，都將由民眾直接選舉產生，開創了中國數千年來未有的先例，為世上許多國家所不及，這當然也是政治上的成就奇蹟。

追本溯源，這得來不易的成果，固然要感謝為此出過力的許多先烈先賢，現今在位者的盡心盡力籌謀擘劃，但尤應歸功我們對日抗戰的勝利，使臺灣得以光復，故乃有此輝煌效果。瞻望未來，一片光明，在紀念抗戰勝利與臺灣光復五十周年的今日，期望大家秉持生命共同體的精神，族群合力，無分畛域，緊緊地共同攜手，好好的把握與珍惜，使百尺竿頭，更昂揚的邁步向前。

台灣日報副刊，一九九五年八月

耕耘與收穫

——慶祝台灣光復五十周年「淨化人心，改變社會風氣」得獎作品

概述個人的生活歷程

抗戰中我入伍從軍，由上等兵砲手幹起。本來曾報考軍校錄取，可是報到時碰上衡陽失守，湘桂路陷敵，我鄉粵南往川、黔之路橫被日軍截斷，只好以行伍之身進行投軍。循規守矩，力爭上游，做好本職應盡之各項工作，一級級的向上晉階，由兵而士，由士而官。經過多次的戰火洗禮，受著漫長的歲月磨練，不僅達成了報國之願，個人亦以一個未具專業素養之人，逐級遞升至中校。

由於軍人任務艱辛，服務年數較一般的短，我為脫離部隊後轉任公職，選定參加高考為目標。民國五十一年隨隊駐戍馬祖，空閒的時間頗多，與師大畢業服預官役的同仁常相過從，獲得教育方面的不少知識。又承他們介紹專書閱讀，引起我很大興趣，於是

決定報考「教育行政」，由考選部每年辦理的檢定考試開始。

民國五十三年參與第一次應試，及格兩科，五五、五六年連續與試，高等檢定的七科完全通過。五十七年我四十八歲時，政府舉辦乙等「教育行政」特考，我以具備高檢條件，參加該項考試，獲得了相當於「高考」的任用資格。

古人說：「三年有成」，我花了不少心力，總算沒有白費，既可任用為公務員，目的就是到學校裡服務。離開部隊後，適中興大學註冊組有一員缺，經人介紹，六十年二月至該校任職，接辦教務與試務的工作。

台灣地區每年的大專聯招，當時新竹以南，嘉義以北的大台中區，全由興大主辦。每屆考期，台中市擠滿了各地來應考之人。註冊組是該業務的承辦單位，忙得不可開交。我初履斯職，事事都覺新鮮，亦莫不兢兢業業去從事，每一階段都有心得。考試告竣，我將之吐屬為文，以「話說大專聯招」為題，撰成四千多字的稿件試寄中央日報副刊，一周之後的六十年八月，登載在最顯明的版面上。

學校與一般機關的最大不同，是每年有兩個漫長的寒暑假，用此空餘可以做很多事。我愛閱讀，又喜塗鴉，為使對某一領域的學科有所專注，六十一年我又參加乙等「稅務行政」特考，達成兩個高考及格的願望，也強迫自己增長了對財政、經濟、會計等學科的額外知識。

因參加教育的高檢特考，鑽研過許多這方面的專書，其中有的市上買不到，只好向省立台中圖書館借閱。館中規定外借最多廿天，我以一周將全書看完，勾畫重點，那時無影印，再以十天節錄抄謄。午夜就寢，四時起床，全神貫注，苦讀強記，中外的教育哲學、制度、心理、思想與教育史等，次第融入腦海，使其後在興大參與大專聯招工作時，撰稿為文，在報刊上提供了具體的改進建議。

七十四年五月，全國國立大學校長在南投惠蓀林場召開聯席會議，研擬大學聯招考試科目，備供教育部參考。興大校長貢穀紳以地主身分，購我出版未久漫談教育的「時光倒流」專書，致送與會各校長，採納了我不少意見。

「論民生主義的合作思想」，是興大七十四年舉辦的論文比賽題目，我參加了被評定為第一名。

我在興大十八年，由最初的編制外臨時員而至簡任編審。因工作關係，得與文學院的許多先進名家往還，使我在寫作的全程上獲益良多。我初出的兩本書，亦蒙中文系前後主任沈謙、胡楚生兩位博士為我作序。

駒光如駛，「榮退」忽忽已八個年頭，爬格子的興致不減往昔，共印發了七本書。第六本「庭院長青」部分是探親之作，描述故園曩時與近狀，細緻深入，有利兩岸文化交流，榮獲行政院大陸委員會獎狀、獎金獎勵。第七本「莫讓流光虛度」由文學街出版，除流傳此間學校外，故鄉縣市的圖書館及中學聞訊，亦函請贈送，作為典藏及供青年人閱讀。八十四年十二月，家鄉之縣改市，被以在台作家身分專柬禮邀參加升格慶典。

感謝政府福利政策之賜，使我退休後能重行就學，入「長青學苑」習練國樂。苑中的所有班級均設輔導員，他們全是志願義工，風雨寒暑不間，認真熱情服務，著實使人感動。我今再做學生，別有一番滋味在心頭。同學間切磋琢磨，相互談心，感不出時光流逝，充實了生活，在優美的旋律中自娛娛人，不知老之到來。

「得天下好書而讀之，從日文讀到中文，從小讀到老，一樂也；狂愛寫作，爬了五、六十年的格子，寫到天荒地老，地老天荒，二樂也；每出一本書。幾乎都被選為優良文藝著作，或被圖書館選入好書，三樂也。」這是省籍耆宿陳火泉老先生八十四年十一月十九日在中副發表的「米壽之樂」（八十八歲）大作。拜讀完了，無限景仰。

回溯個人過去的生活歷程，竊喜似像有些契合。固然有書傳世，心嚮往之，但這非主觀所能左右，惟有盡人事而待未來歲月考驗了。

今日社會，努力絕沒白費，耕耘必有收穫，立志永不嫌遲。吾人何幸，置身於斯，當應抱持向上進取，惜福感恩之情，衷心歡愉的過每一個日子。

一九九六年三月

註一：「高考」：依據孫中山先生的五權憲法，政府設有立法、司法、行政、考試、監察五院掌理全國政治。而政治文官，都須考試院考試及格始能任用。高考是全國的最高考試、報考甚多，錄取甚少，很難。報考資格是大、專畢業或檢定考試及格的。

註二：慶祝台灣光復五十周年舉辦淨化人心改善社會風氣——「提昇人民素養，建立祥和社會」徵文。主、協辦單位：台灣省文藝作家協會、中央日報、中華日報、台灣電視公司、民生報、新生報、警察廣播電台。

註三：應徵稿件近五百篇，來自全國各地及海外華僑、逐級評審，錄選二十五篇發獎。並印成專書發行。本文榮幸獲獎。

從中共觀點　看台海戰役

「砲打金門，解放軍得心應手」，是《毛澤東全傳》一書卷五的最後一回的標題。該書全部六大本，敘述的期間為一八九三年至一九七六年，也即由毛澤東的出生以至他的死亡。作者辛學陵先生，一九九三年十二月初版，係紀念毛的百年誕辰而作。

「砲打金門」，指的是民國四十七年的「八二三砲戰」。我躬逢其盛，全程參與，事實與辛著頗多出入。試摘其三六六頁中的一段：「二十五日，台灣當局以F-86戰機八架進至漳州地區上空報復，解放軍空軍航空兵第九師第二十七團一個大隊起飛迎戰。孤膽英雄劉維敏在失去聯繫，沒有僚機掩護的情況下，與四架敵機作戰，擊落其兩架。但由於解放軍陸空協同不好，當劉維敏追蹤另一架敵機時，被己方地面高砲當作敵機而擊中。」

當時中共空軍建軍未久，飛機性能與飛行員素質及訓練和國軍相較有一段距離。他們不敢飛進台灣海峽，每次空戰莫不鎩羽，所謂「擊落其兩架」，「一架被己方地面高砲擊中」，都是誑人之語。依當時的外電報導，被擊落的三架飛機，全系為國軍擊落的共機。

「八二三砲戰」於二十三日下午六時半（夏令時間）開始，我們的砲兵當時即予還擊。二十五日起，中共開始放冷砲，時間不定，東一發西一發在空中爆炸，目的是射殺我們出來活動的人。二十九日至九月一日，強烈颱風過境，由金門直撲大陸，雙方的戰火沉寂。

九月二日天氣轉晴，萬里無雲，下午一時共軍再度向金門全島濫射，使用延期信管，砲彈深入地下開炸，企圖破壞我們的碉堡。是晚，料羅灣發生海戰，中共趁黑夜以四艘魚雷快艇向我停靠在灣內之艦偷襲，魚雷艇被擊沉無一倖免。該書對此隻字未提。

「砲打金門」，對岸海空軍加入都未討好，我們新增了八英寸重砲時予還擊，更使他們嘗到苦頭。十月六日，共軍承毛令停火一周，十三日凌晨再廣播延長兩周，期限應至二十六日。但在二十一日的下午卻又食言開打。為何如此的出爾反爾？乃因美國務卿杜勒斯於參加羅馬教皇喪禮後，返國途中訪台，毛惱羞成怒下令打了起來。

那天我適到一友軍高砲單位拜訪，在該處視野良好的觀測站看我們還擊，對岸圍頭、大嶝的砲陣地著彈處烟柱衝向高空，被擊中的彈藥庫連聲爆炸，參加反砲戰的我高砲官兵最厲害，連珠直射命中，打到那裡，那裡便立即沉寂。

另一本書《金門之戰》，是中共國防大學中校教員徐焰先生寫的。中國時報從民國八十一年六月五日起，在「大陸——兩岸關係新聞」的第十版，以「中共五十年代攻台戰略大曝光」為題，摘載至十二日刊完，計共八天。

徐焰於書中說：「一九五八年七月十七日，毛澤東下達了準備砲擊金門和空軍入閩的命令後，七月二十五日，以聶鳳智為司令員的福州軍區空軍指揮所開始實施指揮。」七月二十七日，毛澤東又致信彭德懷和黃克誠，指示推遲作戰時間：「睡不著覺，想了一下。打金門停止若干天似較適宜。目前不打看一看形勢。……等彼方無理進攻，再行反攻。中東解決，要有時間，我們是有時間的。彼方如攻漳、汕、福州、杭州，那就最好了。」

「八月二十日，毛澤東正式決定，立即集中力量，對金門國民黨軍予以猛烈打擊，把它封鎖起來。」：「先打三天，走出第一步，看看台灣當局的動態後，再決定下一步。」

毛澤東再指出：「經一段時間後，對方可能從金、馬撤兵或困難很大還要掙扎，那時是否登陸作戰，視情況而定，走一步看一步。」

辛著與徐著，前者光揀好的說，後者對不好的則輕描淡寫一筆帶過。如料羅灣的魚快艇被擊沉，徐說是受傷後自己相互撞沉的。登步島、金門的古寧頭，吃了敗仗全軍盡墨，徐說是「小受挫折」，可見一斑。

民國七十五年，我們拍了一部根據史實，頗有份量的電影，片名「八二三砲戰」，各地放映，賣座甚佳。看過的人，理應印象鮮明，該片第一個出現在銀幕的，是從七月二十五日部隊增防開始。在集中碼頭快上船時，有人兜售明信片，一張喊價十元，是用來寄給家人說知調往外島的。很快被發覺，基於保密，迅即勸止。待到達前線，已是「山雨欲來風滿樓」的時後，加強工事，急速備戰，都是我們部隊共同的任務。

砲戰直前的八月二十一日，先總統蔣公前往金門視察，指示機宜，海峽風雲際會，軍情緊急。毛澤東盼我們進攻閩浙，好使他以逸待勞，設好陣勢對付。由對方的推斷敵情，反證我們具不可輕忽與低估的實力。

金門以前是戰地，處處戒備森嚴，開放觀光後許多人都去看過。山邊水涯，佈滿地道碉堡，對海平面直射的射口，瞄準由任何一方來攻的敵人。反空降，機動集中、集火打擊殲滅入侵，演練成熟，大家躍躍欲試想一顯身手，絕不會使登陸者有幸得逞。

流光迢遞，歲月匆匆，四十年轉瞬便已過去。台灣獲得的民主成就與經濟繁榮，「台海戰役」無疑是主要關鍵。回首前塵，我們生活在這一塊土地的，每一個都貢獻了一份力量，願大家共同珍惜。

青年日報，一九九八年九月

註一：台海戰役四十周年，青年日報以「以永遠的『八二三』」為題徵文入選。

註二：入選徵文，就以「永遠的「八二三」」為書名出版專集。「歷史的叮嚀」（141頁），是報社印發本書時前頁特加。

歷史的叮嚀

民國四十七年八月二十三日下午六時三十分，金門當面共軍以各型火砲約三百四十餘門，以奇襲方式，向金門防區實施瘋狂射擊，短短兩個小時，共軍發射了砲彈五萬七千餘發，揭開八二三砲戰序幕。

此役金防部三位副司令吉星文、趙家驤、章傑雖不幸傷重殉國，前國防部長俞大維頭部亦受輕傷，但我陸、海、空三軍合作無間，從陸地、海面、空中，冒敵人濃密砲火、出生入死、終於粉碎了敵人一舉擊毀金門，然後犯台的迷夢，八二三砲戰的勝利，攸關國家生存發展甚鉅，歷史的事實，不容國人忘記。

旋乾轉坤　共同珍惜

民國三十八年四月二十一日，共軍渡江南犯，藉匪諜引應，囂狂氣焰，所到形同摧枯拉朽，半壁河山，不數月已淪陷變色。五月起，中共陳毅第三野戰軍所屬第十兵團（轄三十八、二十九、三十一軍），連續發起入侵福建，十月十二日大嶝島陷落，十七日攻占廈門，圍繞金門之敵，約十餘萬眾，以輕藐之態度，向金門接近。

十月二十四日深夜，敵以其八十二、八十五師為基幹，編成三個加強團約九千餘人為第一突擊隊，分由澳頭、蓮河等泊地發船，先駛集大嶝海面集結後，向金門發航，至二十五日二時十分，利用夜暗與最高潮，朝瓏口亙古寧頭進發。由於風急浪高，船多失控，致多漂集在東一點紅亙古寧頭方面。

他們籌思熟慮，決以第一梯隊登陸完了，即返航接載第二梯隊，金門唾手可得。出發前部隊大加菜、發餉，仿左傳成公二年「滅此朝食」的故事，律定在金門城午飯。

我青年軍二〇一師，在台精訓年餘，於九月間（欠六〇三團）調戍金門，師長鄭果將軍，原守太武山，已構築碉堡，挖掘戰壕，準備固守，當天上午還整隊赴料羅灣檢閱。但由機場回防地後突接命令，連夜開拔守備金門西部，當即決定由六〇一團守左翼，六〇二團守右翼，全師均以班為單位，立即構築碉堡。

戰車第一營三連第一排排長楊展，十月二十四日在金西演習，有兩輛戰車履帶故障拋錨，他留車連夜修理救護，距海僅二〇〇公尺。二十五日凌晨二時，發現共軍在近灘登陸集結，即向其猛烈火力射擊。六〇二團營指揮所有二百餘人位於附近，應聲而起，利用既設工事與田埂地形，密切與戰車火力配合，構成防禦據點，阻敵前進。

共軍登陸後雖遭我軍猛烈射擊，但既經登陸，自必有進無退，在眾寡懸殊，我二〇一師傷亡頗重，三時四十分陣地被突破，十四師四十二團李光前團長陣亡。六時許，我三五三團在戰車第三連直接配屬下反擊，殲敵上千人，三五四團殲敵近千，生俘一千二百餘人。五十一團、五十二團對東一點紅猛攻，斃敵俘敵各數百。八時許我空軍出擊支援，戰況熾熱慘烈，步戰協同，十二點埔頭克復。

二十六日凌晨三時，共軍增援千餘人，占領灘頭，我高魁元將軍指揮再興攻擊。九時許，空軍再來助戰，海軍太平艦亦進至古寧頭海域，以船砲支援陸上作戰。十一時許，蔣經國先生奉蔣公命飛臨戰地鼓舞士氣，而胡璉將軍，亦由台受命抵金，親臨陣前指揮。

由於陸海空協同作戰，密切配合。高級將領亦不顧危險，親冒鋒鏑至最前線督陣，士氣振奮，生俘千餘人外，其餘全部受殲，林厝克復。

二十七日九時半，我再以戰車前導，向古寧頭以北掃蕩，赫然發現龐大人群，經我圍攻與招降，他們既不能抗，退亦無路，千餘人只好束手投降。連前計算，生俘的七千餘人，武器械彈難以勝數，確實徹底的打了個大勝仗。下午四時，東南軍政長官陳誠將軍蒞臨慰問。

這是古寧頭戰役開始與結束的概略追陳。筆者隨軍數駐金門，曾參與民四十七年的台海戰役，亦多次往原地戰史館憑弔，但上開的述說，是聽一位鄰居趙文慎先生說的。

他籍隸四川，民三十七年十八歲時投青年軍二〇一師，由於全體都是年輕的知識份子，管教訓練，恪遵制度，待遇補給，頗為優渥。凡是幹部都經考試，他其時是副班長，步兵操典，射擊教範，陣中勤務，伍教練，班教練，排教練，學科術科逐項通過始獲派任，有無上榮光之感。

趙先生說：我們被稱為娃娃兵。戰役開始那天，初真十分惶懼恐慌，但經過幾次來回衝擊，逐漸適應穩定。有一件使他最怕與為難的，是清理戰場時揹馱那些敵人的死屍。屍體實太多，副班長要以身作則，只好捨命而為。

檢討我們這次的勝利，由於將士用命，三軍一體，最高長官與士兵生死與共，同仇敵愾，得來不易。反觀共軍的驕橫狂妄，氣象不明，敵情判斷錯誤，北國之眾，未施兩棲訓練，認以慣用的人海戰術便可所向無敵。運載船具有限，打算第一梯隊登陸後，即返航接第二批，未料擱淺悉被我摧毀。全軍覆沒，實非偶然。

先總統蔣公曾說：「卅八年古寧頭大捷，是挽救國運之戰。」回顧大陸的兵敗如山倒，已臨不可收拾的地步，如不是這次的旋乾轉坤及其後「八二三」的勝利，台灣的命運恐早已岌岌不保。前事不忘，後事之師，願我們大家共同珍惜。

青年日報，一九九九年十月

註：金門古寧頭勝利五十周年，青年日報以「台海第一戰」為題徵文入選，國防部並印專集發行。

閱覽箚記一

讀於梨華的小說《林曼》

壹、原著概述

「我第一次看到她時，她只有十七歲。她大哥林超和我同屬台大橋牌組，而且是搭檔。」這是作者於梨華以第一人稱寫《林曼》這篇小說的開首語。

因為橋賽大捷，林超邀我到附近的他家坐坐，由而認識了林曼。林超是個闊少，進大門就見一輛雪亮的汽車，客廳裡觸目的是架大鋼琴，其他沙發地毯擺設之講究，更是不在話下。

林曼在二女中讀書，高二。除了合身旗袍及黑濛高跟皮鞋之外，臉上有粉、胭脂及口紅，外加一副像公共汽車上給乘客吊手的環形耳墜，齊耳的短髮，都有人工的曲折。如林超不說，我絕對不會把她當作高中學生看。

大概我看她的時間過久，她睃了她哥哥一眼，不經意地對我說：「我哥哥騙你的，我早就退學了。」

她說話時我又花些時間看她的五官，不過中等而已。但放在那張圓臉上，恰是放得好，加上粉嫩的皮膚，加上她說話的聲音很脆，脆中略帶有一絲很特別的鼻音，令我覺得她是個動人的女孩，美、不見得，卻是惹人注意，至少，惹我。

她哥哥搖晃了一下那個橋牌社裡的人稱為「鬼腦袋」的頭說：「我妹妹不好好讀書，一門心思要當歌星，什麼洋歌一學就會，代數、幾何卻每考鴨蛋，我父親幾次要把他趕出去。現在她乾脆退了學，整天整夜在外面跑，不知道在搞什麼名堂！」

那年耶誕節，我父母親及我的姐姐、姐夫和我女友竹君被邀至美軍顧問團去玩，在舞會中，一個稱作曼麗小姐客串唱歌，掌聲四超，耶誕花別在她右側耳朵，唱歌時頭一點一點去和那首輕快的調子，吸引了全場的人。竹君說：「她是誰呀？唱得不錯嘛！」

「我認識她，是林超的妹妹林曼！」我說她確寔唱得不差；咬字、韻味，尤其整個輕鬆愉悅的曲調都由她嘴、轉麥克風散發到整個舞廳，整池的人都感染到。水手舞跳得滿天飛，大家發瘋似地拍手。

舞會完了，我去找她，她記不起我了，我說我是她哥哥同學，打橋牌的。「哦，記得記得，怎麼會來這裡？」她說。

大概過了一年，我忽然在報紙上看到了一則標題「富家女愛上喇叭手，老爸爸怒斷父女情。」謂某一個貿易大老闆之女，為了嫁一個菲律賓來的樂隊喇叭手，不惜與家庭脫離關係。

又過一年，我與林超都大學四年級，自然更忙，除了應付功課，找女朋友打橋牌之外，大家都忙著找工作。畢業之後，又被分到不同的地方受訓，他在基隆，我去澎湖。有一天約竹君一起出去玩，到國際戲院買晚場的票，卻意外碰到林曼和一個黑黑矮矮的男人站在門口等進場。

兩年不見，她比以前愈發出挑。穿了件米色合身洋裝，露在外面的胳膊和小腿均勻圓潤。頭髮攏在腦後，托出渾圓細嫩的臉。眼精改變很大，臉上沒有濃重化妝，倒使她顯得簡單俊秀。我走了過去，叫聲林曼，說：「還認得我不？」

「認得，打橋牌的！」然後很自然伸出手來，又很自然地介紹：「這是我先生——施特拉，這是我哥哥的同學。」後兩句是用英語講的。

寒喧了幾句，說她已有了個女兒，頂乖巧的。我向她道別，還說：「對林超說一聲，下次休假來看他。」

「好、假如在街上碰到他的話。」示意與家分開了。

那次見面之後，好幾年都沒再看見她。我受完訓，一時未申請到獎學金，在我父親的廠裡做點事，等竹君畢了業結婚。她畢業那年，我申請到伊州大學的全部獎學金，竹君的家人不贊成我走前完婚，然後把竹君撇在台灣，所以我們只舉行訂婚的儀式。離台前本要與林超話別，去訪時剛好他去了高雄，就這樣走了。

伊大四年在讀書及等待中過去；讀博士等竹君。畢業那年，我很順利的在伊州一個大學找到工作，竹君也辦成了出國。四年不見，我發覺她與以前不大一樣了，對我也很陌生，兩人在一起，好像說不到幾句話就沈默了。我離開時對她說，耶誕節再來看她，後來她來個長信，大意說這四年來她對我是忠貞的，但她來我不去接；她病，我不去探望，耶誕節她有事，希望我不必去。我發了幾天呆，不能吃不能睡，熬過了幾天，我決定不在原地過節，打電話到費城約伊大時代的朋友，一齊到紐約去瘋一陣，酬勞過去四年的刻苦日子。

我們住在曼哈頓的一個小飯館，耶誕前參加一個當地中國學生的晚會，竟碰到林曼。她已與那個喇叭手離婚，現在一個小公司做打字員。

久別重逢，她似有另一種韻致，元旦前夕我去找她共度新年，我說要去跳舞，並且要她做嚮導，她要我到她處吃飯，再一起出去，我說：「不，我帶你出去吃，過新年。」我們進了餐館入座，她脫了大衣，露出呢滾边的旗袍，剪裁得合身極了。在台灣見她幾次，她多半都穿洋裝，現在穿旗袍顯得像少婦，風韻反而更好。

侍者來點酒，她要杯馬丁尼。她對我說：「我在台灣就會喝了，以前那個丈夫很愛喝，一頓飯可以喝半瓶高粱，我跟著他學，慢慢就喜歡了。你試過沒有？喝酒之後，像剛被人按摩過一樣很舒服的。」

舞池不大，大家等於背貼背、胸貼胸，在原地搖晃。跳完舞她又要了酒，很快就喝完了，時近午夜，室內的燈全熄了，然後一陣急鼓，五彩氣球一鼓勁衝向屋頂，所有的燈全開了時，已是新年，大家興奮地站起來叫「新年快樂」，然後擁抱接吻，鬧成一團。林曼湊過臉來，讓我吻。

送她回家，我們在等車時她緊緊靠著我，不是怕冷就是醉了。到她家，她拖著我說：「進去坐一下，我給你看丫丫的照片。」看照片談她女兒的脾氣像她，很急躁不拖泥帶水。她要我脫去上衣，調了杯虎乳威士忌給我喝。

屋裡愈來愈暖，虎乳的功效很大，我把竹君和我的事從頭到尾傾倒出來。林曼過來從我手裡把空杯拿走，我抓住她的手，把頭藏起來。

第二天醒來她不在，我看到床上零亂的樣子，不但即刻把眼閉上，還把枕頭蓋在臉上。找了半天，才找到內衣褲，發現桌上有字條，「家沒東西，我去買來做中飯給你吃，不要走。」我連忙穿了外衣，拿了大衣，趕回旅館，朋友已經走了，再沒臉見林曼，還是走吧，回去收收心，剛把東西理好，電話鈴響。一拿起即聽林曼說：「我跑了十條街才買到菜，怎麼你不等我？」

「昨晚我對不起你，我也對不起林超。」

「這是我的事，怎麼把我哥扯在裡面？」她把聲音放得很正常：「你現在就過來吃飯，然後一起出去玩，今天是元旦，不要這樣子沒見過世面似的。」

我們沒有出去玩，整天、整夜都在她房間，四方形的小室變成龐大的天地，對我來講是充滿了新奇景物的天地。她比我年輕，但結過婚，同學的妹妹，不但令我享受到比想像更動人的性愛，同時激發我無休止的要求。在床上的林曼令我心旌，黑髮全疲了下來，而身上僅此。

與第一天一樣，我第二天醒來，她已不在了，枕頭上有張字條：「我去上班了，自己做點吃的，旅程平安。」

學期結束時，接到竹君的喜帖，使我更想林曼。屢尋不著，經了多次轉折，最後坐計程車到了皇后區，按了地址開去，房子是紅磚兩層樓，是住家，不是辦公處所，馬路边有不少孩子聚在一起玩。她為什麼要搬到這一帶來？上班多不方便？但既然來了，當然要弄明白。我上石階撳門鈴，樓上窗口有人問「誰呀？」正是她的聲音，我喜出望外，忙仰頭叫：「是我，林曼！」

「啊！是你！」她連忙伸手來，又縮了回去：「不行，我一手全是麵粉，你上來，什麼時後來紐約的？」

她洗手，端著兩杯可樂放在茶几上：「噢！怎麼不坐，還拘謹？」

我不是拘謹，只是這個公寓，這個鋪排，令我不自在。我坐下，先不喝，朝她打量：「林曼，我去辦公室找你去了，她們說你辭職了，現在在那裡做事？」

「我不做事了，因為囡囡（ㄚㄚ），我忘了告訴你，我把囡囡接出來了，在這裡讀小學。因為她，我沒做事了。」

她笑著搖頭：「不過，我和人家同居著。他養著我。上班、下班，擠地下鐵，打字機的聲音，冷三明治泡飯，失眠，我過不下去了。正好遇上這個人，他替我想辦法接囡囡出來。」

可樂早喝乾了，我仍將它緊抓在手裡，幾次有很強的慾望將杯子摔到她那圓臉上去，砸碎她那個一點也沒羞慚的笑：「你答應和我結婚，我也會將你女兒弄出來的。」

她竟然伸出手來，拍拍我抓緊杯子的手背，笑著說：「我很自私，但沒有自私到這地步，連累你。」

我只覺一身累乏，四肢痠痛，巴不得倒在我小城公寓裡的床上，永不醒來。她留我吃晚飯再走，我說「不了」，我站起來，和她正對面。她的臉光潔平潤，我突然又想起在西門町碰見她時：「你還是很快樂的樣子。」

她聳聳肩，沒走開說：「無所謂，人生就是這麼會事。」

貳、讀後感懷

《秋山又幾重》是於梨華二〇一〇年一月初版的小說，除了作者的自序〈自說自話〉，附錄林以亮（即宋淇）的介評〈於梨華的友誼〉外，共收集〈黃昏。廊裡的女人〉、〈江小慧〉、〈林曼〉、〈意想不到的結局〉等九篇，其中前四篇曾經被分收在以前的短篇集裡，現在將它們放在一起。〈林曼〉不到二萬字，作者說是一篇寫得順利而且自己又滿意的小說，無意中得到靈感：

「我剛進台大不久，因申請不到宿舍，只好寄住在父親同事家（那時家在台南）。那位父執是個不苟言笑，對待子女十分嚴格的家長，尤其對他十分活潑，喜歡唱歌跳舞而不喜歡讀書的獨生女，一個高中生。

「四年後我大學畢業到美國深造，隨父親去道謝，那位父執對我父親說：「老兄，我真羨慕你呀，女兒品學兼優，現在又出洋深造，前途不可限量啊！我那寶貝女兒，高中沒畢業，即去做爵士歌手，還同那個樂隊吹喇叭的結了婚，去了美國。」

我們告別時，他還囑咐我如果在美國遇到他女兒，叫她趕快回來。」

讀了作者的道白，這個林曼（化名）是真有其人，確有其事的。女主角的哥哥林超，橋牌組搭檔，作者的未婚妻竹君，林林總總，都是作者的構想安排，以完成一篇美好作品，娓娓道來，高潮迭起，引人入勝。

於梨華，女，浙江鎮海人，一九三一年生於上海，以男主角的身分肆應男女間的諸種韻事，寫來絲絲入扣，方家出手，自是不凡。

二〇一〇年二月

《清代文言小說》四則

壹、金華書生／陸次雲

浙江金華有一個書生，忘記了他的姓名。順治初年，清軍攻陷了金華，金華書生夫妻兩人逃難離散了。書生趴在死屍堆裡，才幸免一死。他妻子離去時迷失了方向，被清兵捕獲。不久，這支清兵轉移到華亭駐紮。書生便到華亭來探詢妻子的消息，結果沒有打聽到。書生困窘疲累空虛寂寞，坐在旅店旁邊長吁短嘆。旅店的主人看到他這副模樣，對他很憐憫，便詢問他原因。書生告訴他事情的始末。主人問道：「你識字嗎？」書生答：「識字。」「會算帳嗎？」書生答：「會算。」主人說：「何不留在我的店裡，給你找點事情幹幹，以後再慢慢尋找妻子，好嗎？」書生回答：「如果能這樣，真是太幸運了。」書生進了旅店，盡心為主人操勞。主人非常安閑，生意却更加興隆，利潤也成倍增加。主人有個女兒，想把他嫁給書生，但沒有說出口。

有一天，太陽剛剛昇起，就有個人急匆匆地趕來，到旅店吃飯；吃了飯，付了錢，又急匆匆地離去。書生看見那人丟失了東西，打開一看，竟是白花花五十兩銀子。他向主人報告，等候那人再回店來。等到了中午，那人又急匆匆地跑來了，汗水濕透了衣衫，氣喘吁吁，仔細看了看桌上地上，顯得垂頭喪氣的樣子。書生上前問他幹什麼，那人回答：「在找丟失了的銀子。」書生問：「丟失了多少？」回答說：「五十兩」。書生問：「幹什麼用的？」回答說：「拿到軍營裡去娶媳婦。如今丟失了銀子，又怎麼辦呢？」書生說：「銀子還在這裡，把它還給你，不必苦惱了。」隨即拿出原來的銀子，那人接過銀子喜出望外，連忙拜謝告辭而去。過了幾天，那位丟失銀子的人拿著兩分請柬來說：「承蒙你還了銀子，事情已辦妥了。已訂了日子舉辦婚禮。這件婚事是你賜給我的，我專程來請主人和你去吃杯喜酒。」書生再三推辭不去。主人說：「我沒有閑空去，你就不要推辭了。」

書生受主人之命，按期去參加婚禮，到了那裡見到丟銀子的一家，也是一戶善良的人家。太陽還沒有下山，書生悠閑地在河邊漫步，遠遠看見一條小船，蕩著春水，一位穿著翠綠色衣裙，梳著環形髮髻的女子，用衣袖掩著臉坐在船上，大家都說新娘子坐船來了。書生偶然抬頭看了一下新娘，真像是自己原來的妻子；那女子也偶然抬頭看了一下書生，真像自己原來的丈夫。於是書生一下子大哭起來仰面倒在草地上，那女子也一下大哭起來俯伏在孤篷船中。

船到了門口，催新娘子起身，她已經不能動彈了。問她原因，她回答說：「剛才看見一個人像我原來的丈夫，所以我傷心得要死了。」問那人是什麼模樣，這女子就敘說他的外貌穿戴，恰好就是書生。於是那位娶妻的人心急忙去尋找書生，看到書生正悲傷得倒在地上起不來，問他是怎麼會事，書生不肯說。一再追問他才說：「剛才我看見一個人……」話未講完，就哽咽講不下去了。娶妻的人一下醒悟過來，說：「我知道了，這位女子就是你的妻子吧。你已經撿到了銀子，那銀子就是你的了。你還給我銀子而贖回了這位女子，這是上天要我為你來成全夫妻團圓啊。你不要難過，我感激你的道義，豈敢不以道義來報答？」

書生感倒此事很為難，娶妻人請求他的主人來作主。主人說：「還銀子的人，是有道義的人；還妻子的人，道義不在還銀人之下。想要娶妻卻得不到妻子，是不行的。我有個女兒，應當嫁給還妻子的人；你要娶那位婦女，應當還給還銀子的人。」大家聽罷都認為兩全其美，雙方都從命了。因此、人們愈加推崇主人的義氣，把他和兩位義士鼎足而三地相提並論。

讀後之見；此篇以一對夫婦在戰亂中破鏡重圓的故事為線索，塑造了三個藝術形象——書生、店主、客人。這是幾個不顯眼的小人物，但都有高尚的人格，為了他人的幸福，寧願放棄自己的利益和幸福，都值敬佩。

貳、沙彌思老虎／袁枚

五台山有個老和尚收了一個小和尚，年齡才三歲。五台山是極高的，師傅和徒弟在山頂上修行，從來也沒下過山。後來過了十多年，老和尚同他的弟子下山來。小和尚看見牛、馬、雞、狗，都不認識，師傅便用手指著它們一一告訴小和尚：「這是牛，可以耕田。這是馬，可以乘騎。這是雞和狗，可以報曉，可以看家。」小和尚連連點頭稱是。一會兒，一個少年女子從他們面前走過，小和尚吃驚地問：「這又是什麼東西？」師傅擔心小和尚會動心，便用嚴肅的神色告訴他說：「這東西的名字叫老虎，親近她的人一定會被咬死，落得屍骨無存。」小和尚連連點頭稱是。晚上回到山上，師傅問：「你今天在山下看見的東西，有沒有在心上老是想著不忘的？」小和尚說：「一切東西都不想，只想著那吃人的老虎，心上總感到丟不開她。」

讀後之見；小沙彌看到少女便吃驚，「心上總是捨她不得」，本是出於男女之間正常的感情吸引，但在老和尚看來卻是異端邪惡，是吃人的「老虎」。這篇小說在令人發笑的背後包含著深刻的寓意，批判的鋒芒指向扼殺人的自然本性的禁欲主義。

參、村姬利舌／沈起鳳

我妻子的姑夫陳永齋，乾隆己丑科中了狀元，獲准回南方休假。走到甜水鋪，見路旁有個小村莊，綠樹蔽日，濃蔭盖地，野生的海棠花灑落在地上，陳永齋看了很高興。於是獨自一人信步走去，忘記了路途的遠近。

到了村落盡頭，看見有半邊竹籬笆，左邊有兩扇黑色的門，一個女郎靠門斜站著，她從風中抓了一團柳絮在手掌裡搓著，嗤嗤地傻笑。陳永齋看了她一眼，頓時靈魂出竅，六神無主，不由上前和她搭訕起來，那女郎不氣不惱也不答腔，只一個勁地喊他媽媽來。沒有多久，一個駝背老太婆走了出來，問她女兒做什麼。那女郎說：「不知哪來裡來的一個粗魯漢子，囉囉嗦嗦煩死人了。」陳永齋很尷尬，便扯謊說是來要點水喝。老太婆說：「家裡房子太小，難以招待客人進來坐。小慧，去拿一杯涼水來！」那女郎高聲答應著就進屋去了。陳永齋問：「你女兒今年多大了？」老太婆說：「只記得他出生的那年屬虎」不知道今年該是幾歲了！」陳永齋又問：「你女婿是誰？」老太婆說：

「我身體殘廢，只有這一個女兒，留在身邊陪伴我，不打算把她嫁出去伺候別人。」陳永齋說：「女兒生來就應該有婆家，留在家裡不是長久之計啊。」

恰巧這時小慧拿了涼水來，聽見了後面的話，便大聲對老太婆說：「這個人不懷好意，不要跟他多囉嗦！」老太婆笑著說：「能聽的就聽，這自然由我來作主，你這小丫頭何必絮絮叨叨。」陳永齋便誇自己中了狀元，想以此使老太婆動心。老太婆低頭想了半天，問道：「狀元是什麼東西？」陳永齋說：「讀書中了進士，名列金榜第一名，進翰林院當官，掌管起草皇帝下達的命令和文告，用文章使國家增加光彩，成為天下第一人，這就是狀元。」老太婆問：「不知這種人幾年出一個？」陳永齋回答：「三年。」女郎在一旁微微譏笑說：「我以為狀元千年以來才出一個，原來只三年便出一個！這樣的貨色，也值得向人喋喋不休地誇耀，真是大怪事！」老太婆斥罵她說：「你這個小妖精嘴巴太刻薄，動不動就揭人家短處。」女郎回嘴說：「跟你有什麼相干，這種呆子自討沒趣罷了！」一邊笑著竟自走開了。

陳永齋悵然若失了好半天，然後對老太婆說：「你如果不嫌棄我，敬請收下這微薄的聘禮。」便從包裹中拿出兩條南金給她。老太婆用手摸弄了半天，說：「聞聞它不香，握著它就冰涼，這是什麼東西啊？」陳永齋說：「這東西名叫黃金。你們有了它，冷了可拿它去買衣服，餓了可以拿它去換吃的，真是世上的寶物啊！」老太婆說：「我家種了百來棵桑樹，有五十畝田地，一點也不怕受凍捱餓。這個東西，恐怕在這兒用不著，還是請狀元郎自己留著用吧。」於是她把黃金扔在地上，說：「可惜一個風流人兒，完全沒有一點文雅穩重的樣子，只憑著金錢和權勢來嚇唬人罷了！」說完話，關上門進屋去了。陳永齋訕訕地站了好半天，嘆著氣回去了。

讀後之見：作者巧妙地把故事發生的場景設置在一個世外桃源般的地方，這個小村落綠樹成蔭，花香宜人，生活於其中的人物——農家少女小慧和老婦人不邀功名，敝屣金錢，對以財勢恐嚇人的狀元郎投以蔑視，表現出崢嶸傲骨。

肆、貧兒學諂／沈起鳳

明代嘉靖年間，宰相嚴嵩獨斷專行，作威作福。有一天夜晚他坐在廳堂上，乾兒義子們紛紛前來拜見。嚴嵩命令他們進來。他們都一個個跪著爬行進入廳堂。甜言蜜語，阿諛奉承，爭相討好賣乖，媚態十足。嚴嵩洋洋得意地宣布：「有個侍郎的官位空下來了，某某人可以補進去；有個給諫的官位空下來了，某某可以補進去。」乾兒子們又都磕頭謝恩。起來後一個個在嚴嵩左右不斷大獻殷勤，醜態百出。

不一會兒，屋簷的瓦上發出一陣窸窸窣窣的響聲。大家喧呼著往響聲處追出去，只見一個人從屋頂上摔了下來。用蠟燭一照，只見那人穿著一身補丁又補丁的破衣服，痴獃獃地站著不言語。嚴嵩懷疑他是賊，下命令將他抓起來送到官府去。那人跪下爬到嚴嵩面前說：「小人不是賊，只是個乞丐呀！」嚴嵩問道：「你既然是個乞丐，怎麼能到這兒來呢？」那人說：「小人有難言的苦衷。如能蒙大人的寬恕，我願把一切都說出來再去死。」嚴嵩便同意他說一說原委。那人說：「小人名叫張祿，鄭州人。和我一起乞討的有個人叫錢禿子。今年春天客商來得很多，錢禿子每到一處，人們都可憐他，給他銀錢糧食。我雖也討到一些，但怎麼也比不上錢禿子多。我問錢禿子討飯有什麼訣竅，錢禿子說：「我們這些人作乞丐，要有一副獻媚的骨頭架子，有一個專說討好話的舌頭。你不得其中的要領，怎能指望討得比我多呢？」我求他指點錢禿子堅決不肯。我便想到相公您的門下，那些白天黑夜向您搖尾乞憐的人，他們溜須拍馬、花言巧語的本領，必定比錢禿子高明十倍。所以大老遠地趕來，躲在屋檐上偷聽，從房頂縫隙中偷看。如此這般已經有三個月了。現在我剛剛學了個大概，不幸露出了蹤跡，但願您能開開恩，高抬貴手，寬大處理。」

嚴嵩驚訝萬分，隨即望著大家笑著說：「作乞丐也有門道，你們這些人奴顏婢膝，巧言令色，真是他們這一批人的老師啊！」大家連連稱是。於是嚴嵩寬恕了張祿，命大家領他出去，讓人早晚輪流教他獻媚的本領。不到一年，張祿學成回去。從此以後，張祿乞討的本領，據說又比錢禿了要高出一籌了。

讀後之見：「貧兒學諂」以一個虛構的故事，鞭撻了嚴嵩專門重用諂媚逢迎的小人的卑劣行徑、入木三分地勾畫嚴嵩黨羽阿諛奉承、巧言令色的醜惡嘴臉。小說緊扣「媚骨佞舌」，將兩組人物穿插起來；一是嚴嵩及其黨羽爪牙，另一是張祿、錢禿子丐者之流。他們同是媚骨佞舌，卻有不同的目的。

二〇一〇年六月

鍾會與嵇康

壹、鍾會

一、二鍾答文帝問

鍾毓、鍾會兄弟小時候，有美好的聲譽，十三歲時魏文帝曹丕聽到這事，便對他們的父親鍾繇說：「讓你的兩個兒子來。」於是下令召見。鍾毓的臉上有汗水，文帝說：「你的臉上為什麼出汗？」鍾毓回答說：「恐懼而驚慌，汗出如水漿。」又問鍾會：「你的臉上為什麼不出汗？」鍾會回答說：「恐懼而戰慄，汗不敢出來。」

二、鍾毓兄弟飲酒

鍾毓、鍾會小時候，有一天正碰上父親白天睡覺，於是一道偷飲藥酒。父親當時忽然醒來，姑且假裝熟睡，來觀察他們的行動。鍾毓先行禮而後才飲酒，鍾會只飲酒而不行禮。事過之後，父親問鍾毓為什麼要行禮，鍾毓說：「酒以成禮，不敢不拜。」又問鍾會為什麼不行禮，鍾會說：「偷本非禮，所以不拜。」

三、鍾會求見嵇康

鍾會撰《四本論》「四本指的是：才性同、才性異；才性合、才性離」剛完，便把它帶在懷中，一群屬下扈隨，車馬相擁前來向嵇康請教，當時嵇正在與友人打鐵，未與理會，鍾又恐被嵇駁難，不敢拿出來，後來從窗戶遠遠地扔進去，隨即掉頭快步跑開了。嵇康追問：「你聽到了什麼來找我？又見了什麼便離去？」（何所聞而來，何所見而去？）鍾答：「聞到我所聞的而來，又見到我所見的離開。」（聞所聞而來，見所見而去。）甚覺此行不快。

四、鍾會與荀濟北

鍾會是荀濟北的堂舅，兩人感情不和。荀濟北有一把寶劍，大約值一百萬錢，常放在母親鍾夫人那裡。鍾會擅長書法，摹仿荀濟北的字跡，寫信給母親要那把寶劍，於是騙取到手便不歸還。荀濟北知道這事是鍾會幹的。但卻無法要回，就想法報復他。後來鍾氏兄弟花了一千萬錢蓋了一座住宅，剛剛建成，很精緻漂亮，尚未搬過去住。濟北極擅長繪畫，便偷偷地跑到新宅門堂上畫了一幅鍾太傅（鍾繇，他們的父親）的肖像，衣冠容貌同活著時一樣。鍾氏兄弟進入大門，見到極度悲痛，這所住宅就一直荒廢未用。

五、鍾會譖嵇康

與阮籍、嵇康同為竹林七賢中人的山濤，時任一個很大的官職：尚書吏部郎，不想做了，朝廷要他推荐一人繼任。他荐嵇康，後者去信絕交：「我說這些是使您了解我，也與您訣別。」

鍾會向司馬昭進言：「嵇康、臥龍也，萬不能讓他起來，陛下統治天下已經沒什麼可以擔憂的了，我只想提醒您稍稍提防嵇康這樣傲世的名士。您知道他為什麼給他的好朋友山濤寫那樣一封絕交的信嗎？据我所知，他是幫別人謀反，山濤反對，因此沒有成功，反惱羞成怒，而與山濤絕交。陛下，過去姜太公、孔夫子都誅殺過那些危害時尚，擾亂禮教的所謂名人，現在嵇康、呂安這些言論放蕩，誹謗聖人經典，任何統治天下的君主都是容不了的。陛下如果太仁慈，不除掉嵇康，可能無以淳正風俗，清潔王道。」

呂巽、呂安兄弟同與嵇康為友，呂巽占弟婦呂安妻藉口是呂安不孝，嵇知寔情，為後者說公道話支持，被論定與安同罪，立即槍決。

貳、嵇康

一、嵇康的家世出身

嵇康（224-263）字叔夜，三國魏譙（今安徽）人。是當時著名的思想家、文學家和音樂家。他生於儒學世家，父親名昭、字子遠，早逝，他由母及兄養育長大。他的妻子是魏沛穆王曹林（曹操子）的孫女，因而他是曹魏宗室女婿，這一點對他一生或多或少有影響。他是個美男子，時人稱他「龍章鳳姿，天質自然。」山濤贊他：「叔夜之為人也，岩岩若孤松之獨立；其醉也，巍峨若玉山之將崩！」

嵇康之活動時代，正當魏晉易代之際，政治鬥爭十分尖銳、殘酷。這是一個黑暗、險惡的時代。

二、嵇康的養生論

認為神仙稟受自然的異氣，不是人所學習能達到的。但「導養得理」，「上獲千餘歲，下可數百年」，則是可能的。世人之所以中道而夭，是因為不精於養生之道。養生包括精神和形體兩個方面；養神，是指精神修養方面而言，即要「少私寡欲」，無憂無慮「氣體和平」；養形，指「呼吸吐納，服食養身」。導引呼吸之術，可以鍛鍊人體機能「上藥養命，中藥養性」，服用妙藥可以保養身體。二者兼顧，使「形神相親，表裡相濟」。

三、與山濤之絕交溯源

山濤（205-283）字巨源，河內懷縣（今河南）人，早年隱居不仕，為「竹林七賢」之一，後出仕為官。甘露四年（259）司馬昭要安排他做尚書吏部郎，山濤想推荐嵇康代替自己出任此職，但因嵇康拒絕和其他的原因，此事擱了下來。直到景元二年（261），司馬昭才正式任命山濤為吏部郎，嵇康聞之，怕他又要強自己所難，舉荐自己擔任吏部郎，故作此書以明志。

四、與山濤絕交書（摘錄）

我剛剛失去母親和哥哥（不是嵇喜）的歡愛，心中時常感到悲傷。女孩剛十三歲，男孩才八歲，還沒有長大成人，況且又經常生病，想到這些就很悲傷，真不知怎麼來說。現在只想守著這狹窄的巷子，教育自己的兒孫，時常與親朋故舊敘說離別之情，說說日常鎖事，喝一杯混濁的酒，抱琴彈一支樂曲，我的心願就滿足了。

像我這樣很多疾病的人只能遠離人事以求保存自己的餘年，確寔是缺乏那種才德罷了，怎麼能看見宦官而稱贊他的貞操啊！如果急於要我和您一同做官，希望把我招去，經常共同歡樂，一旦來逼迫我，我一定會發瘋的。如果沒有深仇大恨，是不會這樣做的。

寫這封信既是為了向您說明原由，同時也以此作告別。

五、嵇中散臨刑東市

嵇中散（即嵇康）在東市被殺時，神態不變，向人要過琴來彈奏，彈了一曲〈廣陵散〉（全曲分小序、大序、正聲、亂聲、後序五大部份，共四十五段，是篇幅最長的琴曲之一）。

曲子奏完，他說：「章孝尼曾經向我請求學習這支曲子，我沒有捨得傳授給他，〈廣陵散〉從今後斷絕了！」當時有三千名太學生聯名給朝廷寫了奏章，請求能赦免他，讓他當老師，但沒有得到准許。晉文王（司馬昭）不久也後悔了。

參、讀後之見

一、鍾會敏惠宿成，精練名理，累官至司徒，封縣侯。與鄧艾、諸葛緒統兵分道攻蜀，降之。他心機深沉陰狠，素懷異志，容不得別人凌駕其上。因鄧艾承制專事，密白艾有反狀，監軍衛讙遣人於棉竹，斬之，子忠與俱死。鄧艾既除，會獨統大眾，遂謀反，為亂軍所殺。如此下場，孽由自造，死有餘辜。

二、嵇康曾做過曹魏的郎中、中散大夫（無職守的閑散文官），故世稱「嵇中散」。由於其司馬氏有不滿，後退隱，不再出仕。然其不同世俗，情緒兀傲，個性獨特，間發雜諷喻之辭（如宦官有貞操），招來忌怨，不是應世自保之道，亦乃生在亂世的悲哀。

二〇一〇年七月

附註：本文參考資料
1《世說新語》
2中國名著叢書選譯《嵇康詩文》
3大陸學人除秋雨著《山居筆記》

《太平廣記傳奇》二則

壹、道成和尚

唐德宗貞元初年，陳郡有個性袁的書生，曾經在蜀州唐安縣當過參軍。罷官後到合州巴川縣去遊玩。一天，他正在客店裡閑坐，忽然有個身穿白衣的男子前來拜訪他。袁生並不認識這個白衣人，既來訪，理當以禮相待。

他把白衣人讓進屋裡，請坐獻茶。白衣人並不客氣，坐下後喝了一口茶，對袁生說：「在下姓高，家在本州新明縣。以前曾在軍旅當兵，現已退役，所以常到這裡來遊玩。」

袁生獨自一人，旅途中甚是寂寞。聽白衣人說是到此遊玩的，心裡很是高興，途中作個伴兒，總可免去許多孤寂，便同白衣人攀談起來。白衣人非常聰穎機敏，又博學善辯，與一般凡夫俗子大不相同。袁生大為驚奇。

白衣人對袁生說：「我會算卦，能算出你一生經歷的事。」

袁生半信半疑，說道：「那就請你給我算一算吧！」

白衣人把袁生經歷的往事，一件一件地說了出來，時間、地點絲毫不差。袁生驚訝萬分，不知他是何等人物。等到夜深人靜後，白衣人偷偷對袁生說：「我不是人，你想知道我是什麼嗎？」

袁生嚇得渾身顫抖，臉色熬白，結結巴巴地問：「啊？原來你……果真是鬼！你為什麼要來害我？」白衣人微微一笑，說：「不，我不是鬼，也不是來害你的。」

「那你是……」

沒等袁說完，白衣人低聲說：「實話告訴您吧，我是赤水神。」

袁生聽說他是神，上下打量他一遍，肅然起敬地問：「那你……來找我有什麼事？」

赤水神說：「我今日前來，有事求你幫忙。」

「求我幫助？」袁生從來沒聽過神求人幫忙的，心中大為疑惑不解，「求我幫你什麼？」

赤水神滿臉憂愁，傷心地說：「我本是一個小神，我的廟在新明縣城南。去年天澇，一連下了幾個月的淫雨，我的廟被淋塌了。本地沒有人替我重修。我住在裡面，常年遭受日曬、風吹、雨淋，日子十分難熬。那些砍柴的樵夫，放羊的牧人，更是肆無忌憚地欺侮我，糟蹋我，他們誰也不尊敬我，只不過把我看成一坏黃土而已。您要肯幫助我呢，我就再把我的要求向您說說；你要是不肯幫助我呢，我也不怨恨您，我就馬上離去。」

袁生說：「我是個凡夫俗子，神仙有事讓我幫助，那還有什麼不可以的呢？」

赤水神聽了轉悲為喜，高興地說：「你若答應為我重修廟宇，一年四季按時祭典，我便暗中保佑你明年去作新明縣縣令。」

袁生喜出望外，忙說：「若能讓我作新明縣令，我一定為你重修廟宇，再塑金身，按時祭拜。我若食言，叫我不得好死！」

「好。」赤水神說，「你到新明縣上任以後，先到城南舊廟去與我見一次面。因為人神之間，畢竟有些區別，我又怕你的僕人、役吏對我不敬。所以你要獨自一人去，不要讓其他人進廟。到時，我們在一起好好談一談。」

袁生一應諾。赤水神高興地站起身，朝袁生拱了拱手，說了聲：「後會有期。」一眨眼間，就不見了。

第二年冬，袁生果然被補調新明縣令。上任後他一打聽，城南確實有座赤水神廟。他同前任辦妥交接事宜以後，便依約前去拜謁。走到離赤水神廟還有一百多步的地方，他令衛役跟班停下等候，他走下轎子，獨自一人進入廟中。他站在廟裡環視四周，果然是牆斷樑傾，蓬蒿遍地，鼠竄狐奔，一片破敗荒涼。

正在這時，有一白衣人從破廟後走出，袁生一看，正是赤水神高生。他見袁生來了，很是高興，對袁生說：「先生不忘前約，今日特來看我，真是榮幸之至啊！」赤水神走上前去，拉住袁生的手，沿著高高的台階，向神殿走去。

袁生突然看見台下囚著一個老僧，披枷戴鎖，被打得遍體鱗傷，昏昏欲死。旁邊站著幾個手拿棍棒皮鞭的壯漢，看樣子像是剛剛打完這個老僧。袁生不知僧人犯了什麼罪，便問赤水神：「他是誰？為什麼鎖在這裡？」

赤水神說：「他是本縣慈雲寺裡的道成禪師，因為犯了罪，所以被我鎖在了這裡，已經一年了。每天早晨和傍晚，都用鞭子抽打他。大概再有十幾天，就把他放回去了。」

袁生不解地問：「既然他還活著，你怎麼能把他鎖在這裡呢？」

赤水神笑道：「這不是他的身軀，這是他的魂。把他的魂勾來，他就會得一場大病，昏昏欲死，無藥可救。他哪裡知道，這正是我施展的手段！」

赤水神說完，特意看了袁生一眼，彷彿暗中在向袁生提出警告。他見袁生在蹙眉凝思，便說：「先前，你已經答應了為我修廟，請趕快籌劃辦理吧」

袁生這才從凝思中清醒過來，忙說：「好，好的，我馬上著手籌辦。」

袁生回到縣衙，把修廟所需的磚瓦木料粗略估算了一下，得用一筆數目可觀的銀兩才能買齊。他左思右想，實在沒辦法籌措到這麼多錢。他突然想起，赤水神勾了道成師父的魂，道成正在生病。再過十多天，赤水神把他的魂放回，他的病也就好了。我何不趁此機會，假藉替他治病，騙他許願修廟。這樣一來，我分文不出，卻為赤水神修了廟。既履行了前約，又分文沒有破費，還有比這更好的事嗎？想到這裡，他立即動身到慈雲寺去找道成師父。

袁生來到慈雲寺，向小僧一打聽，果然有個道成師父，已經患病一年了。小僧把袁生領到道成師父病塌前，道成面色慘白，氣息微微，兩眼呆滯無神。他聲音微弱地說：「你是誰呀？我……我病得就要死了，每天早晨、晚上渾身疼痛難忍，像針扎刀割一樣，真不如早些死了，免得活受罪。」

袁生說：「我是新來的縣令，虔誠信佛，聽說師父病了，特來探望。你的病確實不輕，不治很快就會死的。不過，師父不必憂慮，你這病，我能治好！」

「真的？」道成喜出望外，急問：「你有什麼靈丹妙藥？」

袁生頻頻搖頭說：「不，不用藥。」

道成疑惑了，訥訥地問：「那……你如何治呢？」

袁生說：「你若肯出錢為赤水神建座新廟，我保証不出十天，你的病一定痊癒！」

道成見袁生說得如此肯定，便問道：「你怎麼知道？」

袁生故意裝成很神秘的樣子，繪聲繪色地說：「我夜間能遊天界、地府，因而能知曉神鬼中事。最近，我路過城南赤水神廟，看見你的魂披枷戴鎖被綁在廟前階下。我問赤水神為什麼把你鎖在這裡，赤水神說你以前有罪，所以囚在這裡受苦。我見你的魂被打得皮開肉綻，實在可憐，便求赤水神把你的魂放回。赤水神答應十天後把你的魂放回，條件是你為他修一座新廟。倘若你病好以後不給他修廟，他便把更大的災禍降臨到你頭上。」

道成師父這時才明白，原來自己生病是赤水神在作怪！他又氣又恨，心想，作為神仙，不但不保佑自己的信徒，反倒肆意加害，真是豈有此理！他為了自己的病早日痊癒，滿口答應病癒後一定為赤水神修座新廟。袁生妙計告成，喜不自禁的告辭而去。

十天以後，道成師父的病果然好了。他把徒弟們召來，對他們說：「我從小出家，皈依佛門，悉心念經修道，今年已經五十歲了，不幸得了重病。前些時候，縣令袁大人告訴我，我的病是赤水神作祟所致，病癒後讓我為赤水神修座新廟。人們之所以修廟供神，因為神仙能保佑眾人，為眾人降福。像赤水神這樣害人，還算什麼神？還為他修什麼廟？乾脆把他除掉，免得他以後再作惡害人！」說完，便帶領著徒弟，拿著鐵鍬、斧頭來到城南赤水神廟，把破廟及赤水神像拆掉、掀翻，毀壞殆盡。

第二天，道成師父到縣衙去拜謁袁生。袁生見道成好了病，高興地說：「師父的病果然好了，怎麼樣？我沒有騙你吧？」

道成裝成很虔誠的樣子，說：「大人確實沒有騙我。大人救了我的病，如此大恩大德，道成我將終生不忘！」

袁生說：「既然病好了，你就趕快為赤水神修廟吧？不然，可要招來大禍呀！」

道成平靜地說：「人們建廟敬神，為的是祈求神靈保佑，降福消災。天旱能應時降雨，天澇能驅雲致晴，為黎民百姓造福。而赤水神不但不為黎民降福，反倒恣肆害人，要他何用！我已拆了他的廟，砸了他的像，為民除了這一大害！」

「啊？」袁生嚇得面色如土，魂飛魄散，無言以對，只是朝城南赤水神廟方向連連作揖，擔心赤水神降罪於他。道成卻神態自若，慷慨激昂，毫無懼色。

一個月以後，縣衙的一名官吏犯了罪，袁生狠狠地拷打了他一頓。

沒幾天，這個官吏竟然死了。官吏的家屬在州衙告了袁生，袁生被判罪流放到地處嶺南的康州遂溪縣。當他被押解著走到長江三峽時，忽然看見路旁站著一個白衣人，他仔細一看正是赤水神。

赤水神對袁生說：「我托你為我修廟，你不修也罷，為什麼招惹得道成去拆我的廟，毀我的像？致使我無存身之地，這都是你的罪過呀！我為了報仇，才讓你犯罪，讓你流放到荒蠻之地去受罪的！」

袁生心裡頗為不平，辯解道：「拆你廟宇，毀你神像的不是我，是道成，你為什麼不報復他，反而來報復我？這太不公平了！」

赤水神說：「道成禪師福份大，我不敢報復他，所以才拿你出氣。」

赤水神說完便不見了。

袁生覺得又冤枉又憋氣，再加上一路奔波勞頓，押解吏卒又隨意斥罵責打，沒幾天工夫，便一病不起，死在流放的路上。

【注】：本篇原名〈陳袁生〉，出自張讀的《宣室志》，載《太平廣記》第三六〇卷。

貳、作弊

岳州刺史李俊，當年考進士的時候，一連考了許多次。都沒有考中，心中頗為懊惱。唐德宗貞元二年，他通過朋友引荐，結識了國子祭酒包佶。這年的主考官正是包佶的世交好友，包佶關照主考官，全力促成李俊之事。

當時有個慣例，放榜前一天，主考官需把考中者的姓名報請宰相批閱。這天五更時分，天尚未亮，街上一片昏暗朦朧。李俊便騎馬來到皇城門前，等待包佶出來，問問自己到底考中了沒有。

這時，皇城尚未開門。門旁有一個賣糕的小販，剛出鍋的糕熱氣騰騰，散發出一陣陣撲鼻的香味。旁邊坐著的小吏，頭戴尖頂小氈帽，身穿短襖，腳蹬快鞋，像是外郡來傳送公文案牘的郵差。這人兩眼直勾勾盯著糕攤上的糕，一副饞涎欲滴的樣子。李俊走過來，買了幾片糕送給他吃。小吏非常高興，大口大口地吃起來，一會兒工夫便把幾片糕全吃完了。

這時天已大亮，皇城的門已打開了，不少人從裡面走出來。李俊上馬欲走，小吏突然攔住他的馬頭，低聲說道：「請相公稍候片刻，在下有密事相告。」

李俊心想，他不過是一個外郡信使，能有什麼秘密之事呢？但他還是從馬上下來，把耳朵湊到小吏嘴邊去聽。

小吏說：「我本是陰間的鬼吏，是來送今年考中進士的名單的。你也是來考進士的吧？」

李俊點頭：「是的，我正是來考進士的。」

鬼吏說：「今天主考官送給宰相批閱的名單在此，你可以看看有沒有你的名字。」

鬼吏說著，把名單展開。李俊急不可待地從頭至尾看了一遍，發現上面沒有自己的名字。李俊傷心地哭著對鬼吏說：「我苦讀詩書，已經二十多年了。前來科考，也有十年了。今年又沒有考中，難道我命中注定一生沒有功名嗎？」

鬼吏說：「今年沒有考中，並不是壞事。你若十年之後再考中，就能做大官，得到很高的祿位，權傾朝野，名聞天下。如果你非要今年考中，並不困難，只是祿位剛及十年後的一半，只能做個小小的刺史。而且仕途很不順利，風波險惡，屢遭打擊、謫貶，坎坷一生。何時考中為好，請你自己定奪。」

李俊盼作官早已盼紅了眼睛，哪裡還等得了十年？他想也沒想，便說：「官大官小我且不管，只要叫我考中作上官就行。」

「那好。」鬼吏說，「只要你向陰間的官行些賄，便可在考取者中找個與你同姓的人，換成你的名字。你肯這樣做嗎？」

李俊問：「需行賄多少錢？」

「陰間的錢萬貫就行了。」鬼吏說，「我感謝你贈糕之恩，才把實話告訴你的．這錢並不是我要，而是要送給掌管錄取進士名冊的官吏。明天中午你把錢送來就行了。」

鬼吏說完，把筆交給李俊，讓他當即把名字改過來。李俊接過筆，見名冊上有個叫李夷簡的，他剛要塗掉換上自己的名字，鬼吏攔住他說：「此人祿重位高，又是當朝宰相親自舉荐，是不能換掉他的。」

李俊往下繼續查找，終於找到一個叫李溫的，鬼吏說：「好，就換掉他吧！」

李俊便把「溫」字改成了「俊」字。鬼吏急忙捲起榜文，說了聲：「千萬記住，明天中午送三萬錢來，切莫違背諾言。」說完，匆匆而去。

鬼吏走後，李俊仍然不放心，便去找包佶探聽消息。包佶剛剛起床，尚未梳洗穿戴，見李俊這麼早來找他，心裡很不高興，板著臉對李俊說：「我同主考官既是同窗，又是世交，情誼非同一般。別說一個小小進士，只要有我一句話，你想要個狀元也能辦到。你怎麼這樣子沉不住氣，一次一次地來催問，我是隨便說話而不算數的人嗎？」

李俊連連拜謝，說道：「我能不能得到功名，就決定在今天早晨了，所以學生甘願被恩公訓責，也要前來拜見，求恩公在發榜之前，再為學生去關照一下。」

包佶雖然表面上點頭答應，但心裡很不以為然，覺得全沒有必要多此一舉。他穿戴齊整以後，便走出府門前去上朝。當他路過皇城東北角時，正好碰上主考官拿著考中進士的名冊去呈報宰相批閱。

包佶走上前去，躬身施禮，問道：「我關照過你的那個李俊，考中了嗎？」主考官為難地說：「我知道這樣會得罪你，就是去負荊請罪，你也不會原諒我。可是，我又有什麼法子呢？他們的官都比我大，我實在不敢違抗。所以，辜負了你對我的信任。」

包佶一聽，頓時大怒，說道：「我與你交誼甚厚，情同手足，沒想到你是這樣的不重情誼，不守信用。大概你覺得我是個沒職沒權的閑官，所以才如此輕慢！既然你無情，就休怪我無義，你我往日情誼，今日絕矣！」

包佶說完，連禮也不行，生氣地拂袖而去。主考官搶前幾步，攔住包佶，無可奈何地說：「我何止不知道我們的交情深厚，只是迫於權勢，才不得不這樣做。既然你不能原諒我，那我只好為友得罪那些大官了。」

主考官打開進士名冊，對包佶說：「請包兄在名冊上找一個姓李的名字塗掉，填上李俊吧。」

包佶拿起筆，要塗掉李夷簡的名字，主考官說：「此人是宰相親自關照過的，不可動他。」

主考官指著李溫的名字說：「可以換掉他。」包佶便把「溫」字塗掉，填上「俊」字。

等到第二天放榜時，李俊果然高中。中午，他同新考中的進士們，一起去拜謝主考官，早把送三萬貫錢賄賂的事忘了。

傍晚時分，他在回客店的路上遇到那個鬼吏，鬼吏指著自己的脊背，哭著說：「你把我害得好苦呀！你答應中午送錢，直到現在你也不去送，害得我挨了一頓好打！上司一定要追究這件事，我苦苦哀求才暫時沒有深究。」

李俊一看鬼吏的脊背，果然棒傷纍纍，血跡斑斑。

李俊大驚，連連向他謝罪，問道：「現在該怎麼辦呢？」

鬼吏說：「只要明天中午你送五萬緡錢來，上司就不會再追查這件事了。」

李俊連聲答喏。

第二天中午時分，他買來五萬緡紙錢燒了。鬼吏送了賄賂，再也沒來找過他。

【註】：本篇原名〈李俊〉，出自李復言的《續玄怪錄》，載《太平廣記》第三四一卷。

讀後之見

一、道成和尚

這是一篇趣味盎然的小說，情節描畫有在吾人意料之外，亦有在意料之中的。人們的認知裡是人求神沒有神求人的，這裡卻是神向人求。赤水神廟被天澇淋塌了，沒人重修：「我住在裡面常年遭受風吹雨淋，日子十分難熬，樵夫，牧羊的看不起我，欺侮糟蹋……」真是可憐！你若答應為我重修廟宇，按時祭典，我就保佑你明年去作新明縣縣令。」

赤水神雖無能力保佐存自己的廟，卻可勾別人的魂來鞭打，使人昏昏欲死，很不光明正大。

小說主角袁生當了縣令，即應實踐諾言為人修廟，卻使巧轉嫁他人，得了便宜又賣乖，其最後不得善終，罪有應得。

「人們建廟敬神，為的是祈求神明保佑，降福消災，造福百姓，赤水神反倒恣肆害人……。」由而廟被拆，像被砸，怨不得人。

二、作弊

李俊買了幾片剛出鍋，熱騰騰樸鼻香的糕餅予頭戴光頂小顫帽，身穿短襖，腳蹬快鞋的小吏吃，他受恩回報，轉知李俊送賄考取了進士。小吏是鬼吏，送賄至陰間，雖然有些轉折，但總算成了願望。

人間作官的貪汙，陰間作官的也一樣，天下烏鴉一般黑，作者的構思夠諷刺的。

三

《太平廣記》作於宋代。文情反映人情，讀了這些傳奇，可窺觀人們當時的思維概況。

二〇一〇年八月

新五代史「馮道」

馮道是河北瀛州景城人，是五代「事君猶傭者」的典型。在後唐事四帝，在後晉事二帝，在後漢、後周也備受重用。因反對柴榮親征劉旻，被罷中書令。

馮道自認為自己「孝於家，忠於國，為子、為弟、為人臣、為師長、為夫、為父，有子、有孫。「別聲，被色，老安於當代，老而自樂，何樂如之？」他對自己朝秦暮楚的一生，非常心安理得，並以「長樂老」自詡。

馮道一生在政治上和學術上都無所建樹，也缺乏民族氣節，但他在執政期間，為人民多少還辦過一些好事，他是五代時期這一特殊環境下產生的典型人物，隨著分裂割據的混亂局面趨於結束，馮道也為時代自然地淘汰。歐陽修對他的為人深為鄙薄，但也如實地記載了他的若干好事，這是史家追求的實錄。

譯文

馮道字可道，是瀛州景城人。起初在劉守光處任參軍。守光兵敗，離此而去投靠宦官張承業。張承業是河東軍的監軍使，他任馮道為巡官，因馮道有學術，承業又把他推薦給晉王，任河東節度掌書記。後唐莊宗即位，授馮道為戶部郎，充任翰林學士。

馮道為人能刻苦儉約，當晉軍與梁軍在黃河兩岸對峙時，馮道耽於晉軍中，住一簡陋的草屋，不設置牀蓆，祇躺在一捆草上。所得的俸祿，也拿來與僕人一起做飯吃，心裏安然滿足。將領中有人搶得別人的美女送給馮道，馮道不便推卻，將美女安置在別的房間裏，尋訪到她的主子後再送她回家。在他因父喪而解除學士回景城時，恰遇饑荒，就把自己的財物全拿出來以救濟同鄉百姓，並到田野裏去耕種，親自砍柴草。有人荒廢自己的田地不耕種的，或者有無力耕種自己田地的，馮道就晚上前去，暗地裏替他們耕種。這些人後來慚愧而致謝，馮道並不認為這是什麼恩惠。守喪期已滿，馮道又被召為翰林學士。他走到汴州，遇到趙在禮反叛莊宗，明宗李嗣源也從魏州擁兵而回，攻犯京師洛陽。孔循勸馮道停留等待些時，以觀事態，馮道說：「我奉詔命赴朝，豈能自己停留！」於是他急速地趕到了京師。

後唐莊宗被殺，明宗即位，平素知道馮道的為人處事，就問安重誨道：「莊宗時的馮道在哪裏？」重誨說：「現為翰林學士。」明宗說：「我向來了解他，此人真是我的宰相呀。」授馮道為端明殿學士，調任兵部侍郎。一年後，又授他為中書侍郎，同中書門下平章事。

天成至長興年間，年年豐收，國中平安無事。馮道曾告誡明宗說：「我做臣子任河東掌書記時，奉命出使中山，路過井陘險隘之區害怕馬有失足，掌握繮繩時不敢鬆懈，到了平地，以為太平無事了，卻從馬上摔下來受了傷。凡是處於危險境地的人往往謀慮深遠，因而得以保全，處於平安的時候卻往往因疏忽而發生禍患，這是人之常情。」明宗問道：「天下雖然豐收了，老百姓都得益了嗎？」馮道說：「穀物價貴就會使農民饑餓，穀物價賤就會損害農民。」於是吟詠起文士聶夷中的《田家詩》，它的文辭淺近易曉。明宗囑侍臣把詩錄下來，並經常自己朗誦。水運將軍在臨河縣得到一個玉杯，上面有「傳國寶萬歲杯」這幾個字，明宗很喜愛這隻杯子，拿給馮道看，馮道說：「這是前代有形的寶器罷了，帝王自當有無形之寶。」明宗問無形之寶是什麼，馮道說：「仁義就是帝王之寶。所以說：『大寶稱之為位，用什麼守位，這就是仁。』」明宗是一位武君，不理解這些話，馮道離開後，就召侍臣講解這些話的涵義，贊許並採納了這些話。

馮道在明宗朝為相十餘年，明宗死後，又在愍帝朝為相。潞王李從珂在鳳翔反叛，愍帝李從厚逃往衛州，馮道率領朝廷百官迎接潞王從珂進入洛陽，潞王就是後唐廢帝，馮道出任宰相。廢帝即位時，愍帝還在衛州，過了三天，愍帝才被部將所殺而死。過後廢帝出任馮道為同州節度使，一年後，拜馮道為司空。後晉滅掉後唐，馮道又侍奉後晉，晉高祖石敬瑭授馮道守司空、同中書門下平章事，加司徒，並兼侍中，封為魯國公。高祖去世，馮道又在出帝朝為相，加太尉，被封為燕國公，後罷職為匡國軍節度使，接著又調去任威勝軍節度使。契丹滅亡晉，馮道又侍奉契丹，並在京師朝見耶律德光。耶律德光責備馮道在後晉供職政績不佳，馮道不能答對。德光又問：「為什麼來朝見？」馮道回答說：「我無城無兵，怎敢不來。」德光責問馮道說：「你是什麼樣的老頭子？」馮道說：「我是無才無德又傻又笨的老頭子。」德光聽後感到高興，任馮道為太傅。德光北歸，馮道隨從到常山。後漢高祖劉知遠即位，馮道於是又歸附後漢，以太師身份參與朝會。後周滅掉後漢，馮道又侍奉後周，周太祖郭威授馮道為太師，兼中書令。

馮道年青時就能做作而竊取世人的稱譽，等到做了大臣，尤其注意老成持重，來穩定局面，先後侍奉四個朝代十個君主，越發以前時的道德風範自居不疑。然而當代的人不論知識高下都尊仰馮道為元老，喜歡替他宣揚聲名。

耶律德光曾問馮道說：「世上百姓怎樣可以得救？」馮道用丑角的話回答：「現在是佛出來也救不了百姓，衹有皇帝救得百姓。」人們都認為契丹不殺盡中原的人民，就是靠馮道這句話說得好。後周兵反，侵犯京師，後漢隱帝劉承祐已死，後周太祖郭威認為後漢大臣必定會擁戴自己為帝，當他見到馮道時，馮道卻毫無擁戴的意思。郭威見到馮道一向下拜，因而不得已對馮道下拜，馮道受禮如同平時一樣，太祖很有點喪氣，知道後漢還不可能取代，就表面上立湘陰公劉贇為後漢的繼承人，派遣馮道到徐州迎接劉贇。劉贇還沒來到，郭威率兵北上到了澶州，擁兵而反，便取代了後漢。評論這事的人認為馮道能阻遏郭威代漢的謀算，使他延緩了代漢的時間，始終不以後晉、後漢的滅亡來責備馮道。然而馮道對君喪國亡這些事也未曾介意。

當這時後，天下大亂，契丹等族交相侵犯中原，人民的生命處於危急困苦之中，馮道這時卻自號「長樂老」，寫下數百字的文章，陳述自己更替侍奉後唐、後晉、後漢、後周四個朝代以及從契丹所得到的階勳官爵，以為榮耀。自認為：「對家長孝順，對國家忠誠，為子、為弟、為臣子、為師長、為丈夫、為父親，有子、有孫。有時開卷讀書，有時飲上一杯，品嚐美味，鑒賞聲樂，穿著錦繡，年老而安於當代，年老而自得其樂，有什麼快樂能比得上？」馮道的自述就是這樣。

馮道以前侍奉九個君主，未曾直言規勸過。後周世宗柴榮剛即位，劉旻攻打上黨，世宗說：「劉旻小看我，以為我剛即位，而且國家又值後周太祖逝世，一定不能出兵迎戰。然而善於用兵的就要出其不意，我要親自率軍迎擊劉旻。」馮道於是痛切勸阻，認為不能這樣做。周世宗說：「我看過去唐太宗平定天下時，無論敵人大小他都親征。」

馮道說：「陛下你不可以與唐太宗相比。」周世宗說：「劉旻是烏合之眾，如果遇上我的軍隊，就像大山壓卵。」馮道說：「不知陛下做得到像大山一樣安定麼？」周世宗發怒，起身離開。終於親征劉旻，果然在高平擊敗了劉旻。周世宗又攻取淮南，平定三關，欽徵劉旻，威武之聲大振，是從高平大捷開始的。世宗出擊劉旻時，鄙視馮道不願隨軍出征，就委任馮道為主持後周太祖安葬事宜的山陵使。後周太祖安葬之事完畢，馮道也就去世了，終年七十三歲，諡號為文懿，追封為瀛王。

馮道去世後，當時的人都贊嘆，認為他與孔子同壽，人們喜歡為馮道稱譽竟然這樣。馮道有兒子馮吉。

二〇一〇年九月

#《呂氏春秋》四篇

壹、去私

上天覆蓋萬物，是沒有偏私的；大地承載萬物，是沒有偏私的；日月普照萬物，是沒有偏私的；春夏秋冬四季的運行，也是沒有偏私的。它們對萬物施以恩澤，於是萬物得以成長。

黃帝說過：「音樂禁止淫靡，色彩禁止過於眩目，衣服禁止過於厚暖，香氣禁止過濃，飲食禁止過於豐盛，宮室禁止過於高大。」

帝堯有十個兒子，但他不把帝位給予兒子而給與舜；舜有九個兒子，他不把帝位傳給兒子而傳給了禹；他是最公正無私的了。

晉平公問祁黃羊說：「南陽缺個縣令，誰可以擔任這個職務？」祁黃羊回答說：「大夫解狐可以。」晉平公說：「解狐不是你的仇人嗎？」祁黃羊回答說：「您問的是誰可以擔任這個職務，沒有問誰是我的仇人。」平公說：「好！」於是就任用了解狐。國人都贊美這件事。過了一段時間，平公又向祁黃羊問道：「國家缺個軍尉，誰可以擔任這個職務？」祁黃羊回答說：「祁午可以。」平公說：「祁午不是你的兒子嗎？」祁黃羊回答說：「您問的是誰可以擔任這個職務，不是問誰是我兒子。」平公說：「好！」於是又任用了祁午。國人又都贊美這件事。孔子知道了這件事說：「祁黃羊的這些話說得太好了！舉薦人才外不避仇敵，內不避親子。」祁黃羊可以稱得上公正無私了。

墨家派有一個大師叫腹䵍，住在秦國，他兒子殺了人，秦惠王對腹䵍說：「腹先生的年紀大了，又沒有別的兒子，我已命令下屬官吏不要殺他，先生在這件事上就聽我的吧！」腹䵍回答說：「墨家的法規說：『殺人者處死，傷人者受刑。』所以這樣做是為了嚴禁殺人、傷人。嚴禁殺人傷人，這是天下的大義，大王您雖然給了我恩惠，命令官吏不殺我的兒子，但是我腹䵍不能不執行我們墨家的法規。」腹䵍沒有同意惠王的赦免，而後便殺了兒子。兒子是人們最偏愛的，忍痛殺掉自己所偏愛的兒子以申張大義，腹䵍可以稱得上公正無私的人。

廚師調和五味而不敢私自食用，所以可以做廚師，假使廚師調好五味而吃掉它，就不可以當廚師了。稱王成霸的君主也是如此。誅除暴君卻不佔有土地，把土地分封給有德之人，所以能夠成就王霸之業。假若他們誅除暴君而把土地佔為已有，這就不能成就王霸之業了。

貳、愛士

給人衣穿，因為他受凍；給人飯吃，因為他挨餓。挨餓受凍是人的大災，救人於饑寒，這是正義的行為啊。人所遭受的困苦厄難，比饑寒更為嚴重，所以賢明的君主一定要憐憫陷入困境的人們，一定要同情貧困的人。若能這樣做，君主的名聲就顯赫了，智勇出眾的人就招來了。

過去，秦穆公坐車出行，車子壞了，右側駕轅的馬脫繮跑掉，馬被農夫捉住。穆公親自去尋找這匹馬，看到岐山南邊的一群農夫正在吃馬肉。穆公嘆息說：「吃了駿馬的肉而不馬上喝酒，我擔心馬肉會傷害你們的身體啊！」於是穆公一一賜酒給他們喝，然後離去。過了一年，秦、晉發生韓原之戰。晉兵已經包圍了穆公乘坐的戰車，晉大夫梁由靡已經抓住了穆公車上左側的馬，晉惠公的車右路石奮力揮殳已擊中穆公的鎧甲，甲葉被擊穿的有六片之多。這時岐山南部分食秦穆公馬肉的三百多農夫，竭盡全力為秦穆公在車下勇猛戰鬥，於是大敗晉軍，秦穆公反而俘虜了晉惠公凱旋而歸。這就是一首詩中所說的：「給君子作國君就公正行德，君子則無德不報；給賤民作國君要對他們寬容大度，他們會因此盡力報答。」君主怎能不施行仁德、愛護百姓呢？君主施行仁德、愛護百姓，人民就會愛戴國君。人民愛戴君主，就都樂於為他們的君主犧牲自己。

趙簡子有兩匹白騾子，非常喜愛。在廣門邑做小吏的陽城胥渠病了，夜間敲趙簡子的大門並求見說：「您的臣胥渠有病，醫生告訴他說：『弄到白騾的肝吃了病就能好，弄不到白騾肝就會死亡。』」守門官進去向趙簡子稟告，董安于正侍奉在趙簡子身邊，惱怒地說：「嘿！胥渠這個傢伙，算計起我們主君的騾子來了。請允許我把他殺掉！」簡子說：「把人殺掉讓牲畜活著，這不是太不仁義了嗎？殺掉牲畜用來救活一個人，這不是仁義嗎？」於是呼喚廚師殺掉白騾，取出肝來交給陽城胥渠。過了沒多久，趙簡子舉兵攻狄，廣門邑的官吏左隊七百人，右隊七百人，都爭先殺敵並獲得披甲武士的首級。由此看來，君主怎麼可以不愛士呢？

凡是來犯的敵人，都是為了追求某種好處；假如來犯就是喪命，那就以退卻為有利。如果敵人都以退卻為有利，那就用不著鋒刃相交了。所以如果敵人在我們這裡爭得活路，那我們就可能死於敵人之手。如果敵人死在我們的手下，那我們就從敵人那裡爭得了活路。那麼，是我們從敵人手下得到活路，或是敵人在我們手下得到活路，這樣的問題難道可以不明察嗎？這是用兵的精妙之處。生死存亡的問題，就取決於懂得不懂這個道理了。

參、節喪

明察生命是聖人的要事，明察死亡是聖人的急務，明察生命的人，不讓外物傷害生命，這就是所謂養生。明察死亡的人，不讓外物損害死者，這就是所謂使死者得安。這兩件事，惟獨聖人才能明斷。

凡是生活於天地之間的事物，它們必然要死亡，死亡是人所不可避免的，孝子尊重他們父母，慈祥的父母疼愛他們的兒子，這種感情深入肌骨，是人的天性啊。自己所尊重所疼愛的人，死亡之後把他們拋在溝壑之中，人之常情是不忍心這樣做的，因而產生了葬送死者的道理。所謂葬，就是藏的意思，這是慈祥的父母和孝順的兒子應當慎重的問題，所謂慎重，就是說活著的人心中要為死者考慮。從活人的心裡為死者考慮，沒有什麼比讓死者入土後不動、讓死者的墳墓不被發掘再重要的了。既要不移動死者又不使人發掘死者的墳墓，最好是讓發掘者無利可圖，這就叫做大閉。

古代的人有葬於深山曠野之中而得到平安的，這不是說有珠玉國寶在起作用，而是藏的作用，所以說葬不可不深藏。葬淺了狐狸就會發掘屍體，葬深了就會碰到地下泉水。因此凡是葬地一定選在高丘之上，以避免狐狸的發掘之害和水泉的潮濕。這樣做雖好，但卻忘記了歹徒、盜賊、匪寇的禍害豈不是糊塗嗎？這如同盲師樂怕碰到柱子，躲開了柱子卻用力撞到了木杙子上。歹徒、盜賊、匪寇的禍害，就如同撞上了又尖又大的木杙子啊！慈祥的父母、孝順的兒子能夠避開這些禍害，就算懂得葬的本義了。

修棺置槨，是用來避免螻蟻蛇蟲之害的，如今社會風氣混亂不堪，君主治喪越來越奢侈，他們心中不是為死者考慮，而是活著的人以奢侈互相誇耀。他們以奢侈浪費為榮，把儉省節約的人視為鄙薄，不把方便死者當成一回事，而祇是把活著的人的毀譽看作要務。這就不是慈親孝子的心了。父親雖然死了，孝子對父親的尊重不會衰滅；兒子雖然死了，慈親對兒子的疼愛不會消失，埋葬所尊重所疼愛的人，卻用活著的人很想得到的東西陪葬，他們想用這些東西使死者安寧，像這種做法將會怎樣呢？

百姓對於利，哪怕冒著飛箭，踩著利刃、拼命流血也要追求它，不知禮義的野人，寧可忍心不顧父母、兄弟、朋友的情份而去追求利。如今偷墳劫墓不用冒拼命流血的危險，也沒有忍心不顧父母、兄弟、朋友的恥辱，他們得到的實利很豐厚，可以乘車吃肉，其利可傳給子孫，雖有聖人也不能禁止，更何況如今又是亂世呢？

國越大，家越富，葬物就越豐厚。死者口含珍珠，身穿的玉衣，珍玩寶貨，鐘鼎壺鑑，車馬衣被、金戈寶劍等，不可勝數。各種養生的物件，沒有不隨葬的，用厚木累積而成的墓室，放著幾層的棺槨，堆積石頭木炭，環繞在棺槨之外。壞人聞知此事，互相傳告。上司雖然用嚴刑重罪來禁止他們盜墓，仍然禁止不住。而且死者死去的時間越長，他們的子孫對他就越加疏遠，子孫對他越疏遠，守墓人就越懈怠；守墓人越來越懈怠了，而陪葬物品卻依然那麼多，這種形勢自然就不安全了。

世俗之人舉行葬禮，用大車載著棺柩，打著各種旗幟，靈車上蓋著如雲的飾物，手持眾多的羽毛製成的傘隨柩車嚴整而行，棺柩之上點綴著珠玉，棺槨上塗飾上黑白相間、黑青相間的花紋，上萬的人在靈車左右執紼送葬牽引靈車前進，這要以軍法指揮送葬行列方會不亂，以這種排場讓世人觀看，既美觀，又奢侈，但用這種葬禮為死者求安寧，卻是不行的。如果這樣做真有利於死者，那麼即便使國家貧窮、人民勞苦，慈親孝子也在所不惜。

肆、去尤

世上聽取別人言論的人，大多有所局限。因為大多有這種局限，所以聽後的印象往往是謬誤的，造成這種局限的原因是多種多樣的，但其要害必然在於人有所喜和有所惡，面向西望的人看不見東邊的牆，向南方看的人看不到北方。這是因為他的心意祇專注於一方啊。

有一個丟失了斧子的人，心中懷疑是鄰居的兒子偷的，觀察懷疑對像走路的樣子，像是偷斧子的；看他的臉色，像是偷斧子的；聽他言談話語，像是偷斧子的；看他的動作態度，沒有一樣不像是偷斧子的。此人待挖坑時找到了他的斧子。以後看到鄰居的兒子，再看他的舉止神態，沒有一點像偷斧子的樣子。他鄰居的兒子沒有變化，他自己卻改變了。他改變的原因沒有別的，是因為原來就有所局限啊。

邾國的舊法，用帛來連綴戰衣的甲片。公息忌對邾國的君主說：「不如改用絲繩來連戰衣的甲片。大凡甲之所以堅固的原因，是因為甲的縫隙都塞滿了。如今縫隙用帛塞滿，祇能承受所應承受力量的一半。而用絲繩連綴就不是這樣子，縫隙塞滿就可以承受應當承受的全部力量了。」邾君認為他說的對，問他說：「將何處得到絲繩呢？」公息忌回答說：「君主要用它，百姓就會製造它了。」邾君說：「好。」下了命令，命令官吏連綴戰衣的甲片一定用絲繩。公息忌知道自己的主張將被實行了，於是讓他的家人都製作絲繩。有詆毀他的人說「公息忌所以想用絲繩，是因為他家都製作了許多絲繩。」邾君聽很不高興，於是又下命令，要官吏製造戰衣不用絲繩，這是邾君有所局限啊。製甲用絲繩連綴如果好處，公息忌即使大量製造絲繩，又有什麼害處呢？用絲繩連綴甲片如果沒有好處，公息忌即使沒有製造絲繩，又有什麼益處呢？公息忌製造絲繩與不製造絲繩，都不足以影響他所提出的主張，使用絲繩的本意，不能不考察清楚啊。

魯國有個長得很醜的人，他的父親出門看見美男子商咄，回來造訴他的鄰居說：「商咄不如兒子漂亮。」然而他的兒子是極醜的，商咄是極美的，他自認為最美的長得不如最醜的，這是局限於自己的偏愛。所以，知道了漂亮可以被人認為醜，知道醜可以被人認為漂亮，然後才能區分美與醜。《莊子》說：「用紡錘作賭注的人內心安祥，用衣鉤作賭注的人心裡發慌，用黃金作賭注的人則因極度緊張而幾必昏厥。他們的賭技熟練程度沒有變化，而其所以感到緊張害怕的原因，一定是受外物貴重程度影響的結果。因為外有所重之物，所以賭技就見拙了。」那個魯國人可以說是外有所重的人。如要解釋齊人為何想到金，便當面搶人家的金子，秦國的墨家為什麼嫉妒外來的墨家，這都是因為他們有所局限啊。老子沒有這種局限，他像一根直立的木頭一樣獨立於世，必然不與流俗相合，這樣還有什麼能使其受影響呢。

伍、讀後之見

《呂氏春秋》是先秦時代的一部重要典籍，它是在秦相國呂不韋主持下，由他的賓客、門下集體編撰而成，其指導思想與呂不韋有密不可分的關係。

《呂氏春秋》內容十分豐富，可以說是先秦的一部「百科全書」，書成之後，呂不韋曾把它「佈咸陽市門，懸千金其上，延諸侯、道士、賓客，有能損一字者予千金。（秦始皇六年，西元前二四一年。）

這並不是作者呂氏的自詡誇大，所說真足當之。我幼年讀私塾，《左傳》、《古文觀止》的篇章讀過不少，《呂氏春秋》只聞其名，今年已九十始行拜讀，雖深感為時過晚，但仍覺十分榮幸。它每一論述，莫不層層遞說，引喻縷析，深入詳審，毋可辯駁，篇篇都是好文章。

二〇一〇年十月

《李商隱詩》五首

壹、夜雨寄北

背景：受寄之人，有謂是妻子，從內容看，是非常親密的人。前兩句先回答對方問訊歸期，描寫秋山夜雨的環境氣氛，拱托了客居異地的孤寂情懷。後兩句想像他日與親人重見的情景。

原詩：君問歸期未有期，巴山夜雨漲秋池。何當共剪西窗燭，卻話巴山夜雨時。

譯文：你問我歸家的日期，我還沒有定日期。
今夜巴山淅瀝的秋雨，却已漲滿小池。
何時才能相會西窗，共剪紅燭？
再來述說今夜的聽雨情思！

貳、無題「相見時難」

背景：這首詩抒寫難堪的離恨，終生不渝的追憶以及重見無期的哀傷。東風無力百花凋殘，春殘蠟炬那種纏綿的死生相契，刻人肺腑海枯石爛的矢志愛情。傳為名句。

原詩：相見時難別亦離，東風無力百花殘。春蠶到死絲方盡，蠟炬成灰淚始乾。曉鏡但愁雲鬢改，夜吟應覺月光寒。蓬山此去無多路，青鳥慇勤為探看。

譯文：相見時難，分捨更難。
東風無力，百花凋殘。
春蠶直到死時，纏綿的絲才吐盡。
蠟燭燃成灰後，不斷的淚始行流乾
清晨對鏡，愁伊雲鬢已改。
長夜吟詩，感到月華冷寂清寒。
蓬山（伊住的仙山）不會太遠吧！
青鳥（傳訊的仙鳥）啊，請為我殷勤去探看。

參、霜月

背景：這首描寫深秋月色的詩，抒寫了高標絕俗的思想情懷。迷離的夜、雁啼，高樓上的明月，萬里清霜，澄澈空明的美景，引動了詩人的遐思。

原詩：初聞征雁已無蟬，百尺樓高水接天。青女素娥俱耐寒，月中霜裡鬥嬋娟。

譯文：自聽到南飛的雁啼，再沒蟬兒鳴噪。
在百尺高樓之上，月光水映接遙天。
青女素娥兩位女神，都能耐受寒冷。
在月華中，在清霜裡，互相鬥美爭妍。

肆、詠史

背景：這是金陵（今南京）懷古之作。三百年間，建都在金陵的吳、東晉、宋、齊、梁、陳六個朝代，都依據鍾山龍盤，石城虎踞，但都相繼滅亡，可見國家興亡不在山川，而在人事。

原詩：北湖南埭水漫漫，一片降旗百尺竿。三百年間同曉夢，鍾山何處有龍盤。

譯文：城外北湖南埭（堤）唯見到綠水漫漫。
當年遍地降旗，招展在百尺旗桿。
六朝三百年間，如同那清晨短夢。
遙望鍾山形勢，何處有虎踞龍盤？

伍、常娥（即嫦娥、姮娥，神話中的月亮女神）

背景：嘆嫦娥在月中的孤寂，抒發詩人的自傷之情。前兩句分別描寫室內、室外的環境，渲染冷清氣氛，表現主人公懷思的情緒。後兩句是主人公一宵痛苦的思憶之後產生的感想。

原詩：雲母屏風燭影深，長河漸落曉星沉。常娥應悔偷靈藥，碧海青天夜夜心。

譯文：在雲母屏風中悄然獨坐，殘燭的光影幽深。
長長的銀河已逐漸斜落，星星也隱沒低沉。
嫦娥啊，你也許會悔恨，當年偷吃了不死的靈藥：
如今空著對青天碧海，一夜復一夜，那孤寂的心！

陸、讀後之見

李商隱（約813-858），字義山，號玉谿生，又號樊南生。自稱是宗室之後，父親李嗣曾任過縣令，早死，家境日漸艱困。在嚴峻的生活環境中，他勤奮讀書，志在獵取功名，振興家道。

唐文宗大和三年（829），李商隱被天平軍節度使令狐楚聘入幕作巡官，開始了他一生飄蓬般的「薄宦」生涯。令狐楚很愛他的才華，竭誠獎掖。

開成二年（837），李商隱經令狐綯引荐，登進士第，從此正式踏上仕途，並被捲入了複雜尖銳的黨爭中去。是年冬天，令狐楚卒，李入節度使王茂元幕府。王茂元愛其才，將女兒嫁給他，其後十分恩愛。

當時唐王朝內部以牛僧儒和李德裕為首的兩大政治集團進行激烈的鬥爭（史稱「牛李黨爭」），令狐父子屬牛黨，王茂元接近李黨。李商隱對兩黨並不懷偏見，也沒有攀附其中任何一個，而令狐綯及牛黨中人卻認為他「背恩」、「無行」。

從此，他便在兩黨傾軋的險惡政治游渦中，痛苦一生，至死無法自拔，成為黨爭的犧牲品。

二〇一〇年十月

《文天祥詩》五首

壹、赴闕

背景：宋恭帝德祐元年（1275），南宋王朝已面臨滅亡的最後關頭。元軍長驅直入，勢不可擋，守軍望風披靡，土崩瓦解。年底，元軍攻破宋軍最後一道屏障獨松關，造成兵臨臨安城下的嚴重局面。

文天祥奉勤王詔聚兵積糧，以家產充軍費。四月從吉州出發，八月到臨安。九月奉命出知平江府（今蘇州市）。十一月奉命率帳兵二千人入衛守獨松關，未至而關破。

原詩：楚月穿春袖，吳霜透曉韉。壯心欲填海，苦膽為憂天。役役慚金注（皇帝賜的金碗），悠悠嘆瓦全。丈夫竟何事？一日定千年。

譯文：楚地的明月曾穿過春衫的袍袖，
吳門的霜氣又把曉行的鞍韉寒透。
立下壯志，像精衛填海般勇赴國難，
臥薪嘗膽，只為國家的存亡擔憂。
碌碌奔走，有愧君王的倚重之意，
深深嘆息，為偷安不惜山河蒙羞。
男子漢大丈夫究竟應幹何事？
要在今天安定大宋的萬歲千秋。

貳、常州

背景：德祐二年（1276）正月，文天祥出使元營被強行扣留脅迫北上。二月中旬乘船經過常州，有感於元軍的殘酷殺戮而作此詩。

原詩：常州，宋毗陽郡也。北兵憤其堅守，殺戮無遺種。死者忠義之鬼，哀哉！

山河千里在，烟火一家無。壯甚毗陽守，冤哉馬邑屠。蒼天如可問，赤子果何辜？唇齒提封舊，撫膺三嘆吁。

譯文：常州在宋朝好比唐時的睢陽郡。

北兵憤恨它的堅守死戰，

斬盡殺絕，沒有倖存者。

死者是忠義的鬼，哀痛啊！

山河千里依然是舊日的模樣，

放眼望去沒有一家炊烟火光。

睢陽式的保衛戰何等悲壯，

馬邑般的大屠殺多麼冤枉！

昊昊蒼天若可以提出質問，

慘死的百姓究竟有何罪狀？

此地和我的平江府唇齒相依，

多少次嘆息無限淒愴。

參、過零丁洋

背景：祥興二年（1278）十二月二十日，文天祥在五坡嶺（今廣東海封）被元軍俘虜。次年正月十三日被押解北上經過厓山（在今廣東新會南大海中，當時張世傑正奉帝昺於此設立行朝），元軍統帥張弘範要文天祥寫信招降張世傑。文天祥嚴辭拒絕：「我不能救父母，乃教人背父母，可乎？」

這首詩是宋末詩壇少有的名篇佳作，歷來被人傳誦。尤其結尾二句，給後世的志士仁人，以極大的鞭策和鼓勵。

原詩：辛苦遭逢起一經，干戈落落四周星。山河破碎風拋絮，身世飄搖雨打萍。皇恐灘頭說皇恐，零丁洋裡嘆零丁。人生自古誰無死，留取丹心照汗青。

譯文：含辛茹苦，遭逢聖明以一經（儒）起家，
東奔西走，整整四年轉戰無暇。
大好河山已破碎，如柳絮被狂風吹颳，
生活經歷無定止，似浮萍遭急雨摧打。
皇恐灘頭，曾對國家大事憂慮重重，
零丁洋裡，又為此身零丁感慨交加。
自古以來，人世間誰能免於一死？
要贏得：丹心照史冊，流芳千載下。

肆、南安軍

背景：南安軍在今江西大庾縣。作者被元軍押解北上，於至元十六年（1279）五月四日出大庾嶺，至南安軍。這首詩表達了文天祥身為俘囚而過故鄉的複雜心情，同時表達了對敵人誓不兩立的決心。

原詩：梅花南北路，風雨濕征衣。出嶺誰同出？歸鄉如不歸。山河千古在，城郭一時非。餓死真吾事，夢中行採薇。

譯文：梅花嶺上的南北路口，
凄風苦雨把征衣濕透。
越過梅嶺誰與我同路？
回到家鄉卻身為俘囚。
山河將存在萬古千秋，
城市卻暫時落入敵手。
餓死家鄉是我的願望，
夢裡採薇在首陽山頭。

伍、弔戰場

背景：淮水是宋、元戰爭的主要戰場之一。作者被羈押北上途中，憑弔舊戰場，想起連年戰爭給兩國人民帶來的生命財產的慘重損失，憤怒譴責元蒙軍事統治集團得寸進尺，欲壑難填，相信人民終將獲得最後勝利。

原詩：連年淮水上，死者亂如麻。魂魄丘中土，英雄糞上花。士知忠厥主，人亦念其家。夷得無厭甚，皇天定福華。

譯文：年復一年在淮水大戰，
滿地死屍堆積如亂麻。
魂魄化作山丘中的泥土，
英雄變成糞壤上的鮮花。
士子懂得盡忠他們的君主，
老百姓也會熱愛自己的家，
夷人貪得無厭欲壑難填，
皇天定會賜福中華。

陸、讀後之見

文天祥（1236-1283）是中國歷史上偉大的愛國主義和民族英雄，也是南宋末年傑出的政治家和哲學家，是宋元之際影響深遠的詩人和文學家。他字宋瑞，又字履善，自號文山道人，又號浮丘道人。南宋理宗趙昀端平三年五月二日生於江西吉州廬陵（今江西吉安）富川文家村。

文天祥後期的詩歌，是他全部詩作的精華部份，也是南宋末期詩壇少見的瑰寶奇珍。著名的〈金陵驛〉、〈過零丁洋〉、〈正氣歌〉早已成為盡人皆知的傳世名篇，在中國詩歌史上產生了深遠的影響。

二〇一〇年十月

《陶淵明詩》五首

壹、歸田園居五首之其三

背景：這組詩歷來被稱為陶淵明田園詩的代表作。它生動地抒寫了詩人歸田後的生活和感受。

原詩：種豆南山下，草盛豆苗稀。晨興理荒穢，帶月荷鋤歸。道狹草木長，夕露沾我衣。衣沾不足惜，但使願無違。

譯文：南山腳下把豆種，
雜草多來豆苗少。
雞鳴即起去除草，
扛鋤歸來月兒高。

窄窄小道草木密，
晚露浸濕我衣袍。
濕了衣袍何足惜，
守拙歸田志更牢。

貳、飲酒八首之其二

背景：作者以飲酒為題，寫飲酒，意不在酒，寫醉酒，未必真醉，他是借酒、借醉酒抒情詠志。組詩的內容是多方面的，主要是表達自己固窮守節、不與世俗沉浮和歸耕田園的決心。

原詩：結廬在人境，而無車馬喧。問君何能爾？心遠地自偏，採菊東籬下，悠然見南山。山氣日夕佳，飛鳥相與還。此中有真意，欲辨已忘言。

譯文：我寄居在這塵囂的人間，
門前獨無車馬喧闐。
若問我為何能這樣，
心離俗塵住所自然偏遠。

在屋東的籬下把菊花採，
悠閑自在瞧見南山。
傍晚的山色最美好，
倦鳥結伴返回林間。
此情此景蘊藏著淳真的意趣，
我想辨別表達卻選擇不出恰當的語言。

參、移居二首（其一）

背景：〈移居〉共二首。晉安帝義熙四年（408）六月，陶淵明舊宅遭受火災。過了兩年，即義熙六年（410）遷居南村，這兩首是他遷入新居後不久寫的，時年四十六歲。兩首詩都是寫他遷居後同鄰人友好交往的愉快生活。

原詩（其一）：昔欲居南村，非為卜其宅。聞多素心人，樂與數晨夕。懷此頗有年，今日從茲役。敝廬何必廣，取足蔽牀席。鄰曲時時來，抗言談在昔。奇文共欣賞，疑義相與析。

譯文：我早就萌發了移居南村的念頭，

不是這裡的風水有什麼大吉大利。
聽說南村的人心地淳樸，
我樂意和這樣的人共處朝夕。
懷此念頭頗有一段時日，
今天寔現了初衷終於搬進了新屋。
簡陋的房舍何須寬敞，
有個地方容我存身已經稱心如意。
友善的鄰居常來常往，
高談闊論追憶往昔毫無顧忌。
有好文章一同欣賞，
遇疑難處一道詳加剖析。
肆：移居二首（其二）

原詩（其二）：春秋多佳日，登高賦新詩。過門更相呼，有酒斟酌之。務農各自歸，閑暇輒相思。相思則披衣，言笑無厭時。此理將不勝，無為忽去茲。衣食當須紀，力耕不吾欺。

譯文：春秋常有好晴天，
興濃登高做新詩。
過門輪番相邀喚，
有酒請您共飲之。
農忙耕作各歸家，
一有閑暇便相思。
動念出門尋知己，
說笑歡洽無厭時。
此樂有何可相比，
芳鄰不可輕離棄。
吃穿務必勤管理，
力耕足食又豐衣。

伍、詠荊軻

背景：這首詩寫荊軻刺秦王的歷史故事。荊軻，戰國時衛人，自齊國入燕，燕人稱之為荊卿。荊軻尚俠義，好劍術，燕太子丹待他為上賓。秦兵東侵，先後滅了韓、魏等國。燕國感到禍將及己，而國小力微，難以抗禦，太子丹決計行刺秦王嬴政，以遏止秦師東進。

荊軻為報知遇之恩，答應了太子丹的請求，假借燕向秦割讓督亢之地，以獻地圖為名，藏匕首於圖中，意在劫持秦王，令其就範。

原詩：燕丹善養士，志在報強嬴。招集百夫良，歲暮得荊卿。君子死知己，提劍出燕京。素驥鳴廣陌，慷慨送我行。雄髮指危冠，猛氣衝長纓。飲餞易水上，四座列群英。漸離擊悲筑，宋意唱高聲。蕭蕭哀風逝，淡淡寒波生。商音更流涕，羽奏壯士驚。心知去不歸，且有後世名。登車何時顧，飛蓋入秦庭。凌厲越萬里，逶迤過千城。圖窮事自至，豪主正怔營。惜哉劍術疏，奇功遂不成！其人雖已沒，千載有餘情。

譯文：燕丹太子愛俠客，
立志雪恥抗暴秦。
廣募能敵百人的饒勇士，
年終喜得有情有義的勇荊卿。
自古士為知己死，
荊軻手提利劍出燕京。

寬闊的大道上奔馳著一匹匹長嘯的白馬，
眾知己情懷激昂地為赴死的勇士來送行。
同仇敵愾怒髮上衝冠，
血性男兒猛氣衝長纓。
易水邊設酒餞別壯行色，
四座上環列著燕國眾精英。
高漸離擊筑聲音多悲壯，
宋意引吭高歌歌聲遏行雲。
蕭瑟的北風呵，發出陣陣哀號，
寒冷的易水呵，泛起淡淡的波紋。
淒惻哀婉的商聲催人落淚，
慷慨激越的羽音令人心驚。
明知道此行九死一生難回還，
盼祇盼史冊永載烈士名。
毅然登車不反顧，
滿載豪氣馳秦庭。

勇往直前越萬里，
蜿蜒奔波過千城。
佯獻圖圖窮匕首現，
霎時間豪主震恐秦庭驚。
祇嘆劍術尚不精，
功敗垂成熱血傾！
荊軻呵荊軻，你雖然久已離開人世，
你大無畏的抗暴精神卻與世長存。

陸、讀後之見

陶淵明對後世的影響是巨大的，他那光明峻偉的胸襟，剛正不阿的人格，真率的生活態度，熱愛勞動和田園生活的情操，以及執著探索人生真諦，不斷追求美好理想的精神，成為歷代無數具有進步思想的作家、知識分子的榜樣，產生了巨大精神力量。

二〇一〇年十一月

李廣難封：命定？報應？

李廣曾跟望雲氣以測凶吉的先生王朔私下交談，李廣說：「自從漢朝抗擊匈奴以來，我李廣沒有一次不在其中，然而許多校尉以下的官員，才能趕不上中等人，可是因抗擊匈奴立功而得到封侯的有幾十人，而我李廣不在人後，竟然沒有因為累積下一點功勞而得到封邑，原因是什麼呢？難道是我的相貌不應當封侯嗎？還是本來命定的呢？」王朔說：「將軍你自己想想，難道曾有什麼遺憾的事嗎？」李廣回答：「我過去做隴西太守的時候，羌族人曾起兵反漢，我使他們投降，投降的有八百多人，我假裝同意他們投降，而在同一天把他們都殺了，到今天為止，最大的遺憾只此一件事了。」王朔說：「災禍沒有比殺戮已經投降的人更大的了，這就是將軍您為什麼得不到封侯的原因啊！」

此後兩年，大將軍衛青、驃騎將軍霍去病大規模地進軍攻打匈奴。李廣屢親自請求隨行參戰。漢武帝以李廣年事已高，沒有答應。過了好久，才答應了這件事，任命他為前鋒。這一年正是元狩四年，李廣跟隨著大將軍衛青出擊匈奴，出了關塞後，衛青捕到了一個俘虜，得知匈奴首領單于的位置，就親自率領精兵去追單于，卻命令李廣的軍隊合併到右將軍的部隊中去，從東邊出擊。東路稍微繞遠，而衛青他們大部隊的道路上，水草很少，勢必不能屯兵宿營。李廣請求說：「我本來是前將軍，如今，大將軍下令調我從東路出兵。且我從年輕束髮時起就一直與匈奴作戰，今天才得到一個與單于對戰的機會，我願意擔當先鋒，先與單于拚一死戰。」

而大將軍衛青暗中受了皇帝的告誡，認為李廣年紀已老，命運不好，不要讓他與單于對戰，怕達不到預期的目的，而這時公孫敖剛剛失掉封侯，擔任中將軍跟從大將軍出擊匈奴，大將軍想讓公孫敖跟自己一起與單于作戰，以便建立功勞，恢復封爵，所以調開了前將軍李廣。李廣當時也知道這些內情，因此，堅決地向大將軍拒絕這個命令。大將軍不聽，命令長史寫了一道命令，直接送到李廣的軍部，並說，趕快到右將軍的軍部去，照命令所說的辦。李廣沒向大將軍衛青辭行就起程了，心裡特別生氣地來到軍部，率領軍隊與右將軍趙食其會師從東道出發。

軍隊沒有嚮導，有時迷失了道路，在與大將軍約會的日期之後到達。大將軍與匈奴交戰，單于逃脫了，未能捉獲他，只得回軍。向南前進，橫穿沙漠，遇到了前將軍。李廣見了大將軍，就回到了自己的軍中。大將軍派長史拿著酒飯饋李廣，藉機詢問李廣、趙食其迷失道路的情況。衛青準備上書報告天子有關軍事的詳情，李廣不予回答。大將軍派長史馬上督責李廣軍部的僚屬前去對質聽審，李廣說：「眾校尉都沒有過錯，是我自己迷失了道路，我現在就親自到大將軍的軍部上報軍情。」李廣對他的部下說：「我從年青束髮的時候開始，跟匈奴打了大大小小的七十多次仗，而今很幸運地跟從大將軍出征，有了跟單于交戰的機會，然而大將軍又調開了部隊，從東路出擊行軍繞遠，而且又迷失了道路，這難道不是天意嗎？況且我李廣已經六十多歲了，終究不能面對那些執法官吏的審問了。」說完就抽出刀來自殺了。

李廣軍中的軍士、大夫、全軍上下都痛哭失聲。老百姓聽說了這件事，無論認識他的還是不認識他的，也不論是年老的還是年幼的，都為他流了淚。而右將軍趙食其被單獨交給了執法官吏，罪當斬，他出錢贖罪，降為平民。

太史公說：「《論語》上說：『為官的本身行得正，即使沒有命令，人們也會跟你去做；為官者本身行為不正，即使有命令人們也不會遵從。（其身正、不令而行；其身不正，雖令不行。）』這話說的正是李將軍吧。我看到的是，李廣老實憨厚得像個鄉下人，嘴不善於說話。但等到他死的那天，天下人無論認識他還是不認識他的，都為他的死感到極度悲哀。」

二〇一〇年十二月

附言：本文是摘自冷成金教授二〇〇七年著《劉邦（稱帝了還是流氓）項羽（失敗了還是英雄）》〈桃李不言〉篇。作者謂全篇取材《史記》。

言不必信？行不必果？

文前提要

「孔子說：『君子講大信，卻不講小信。』孔子還說：『遵從的諾言若是符合道義，就可以履行。』孟子也講，言不必信，行不必果，意思是說為了成就大的事業，一些小的方面可以不必計較。正如司馬遷所說：『大行不顧細謹，大禮不辭小讓。』由此看來，應當著重的是否合乎道義，至於諾言，則不一定要履行。」

齊國攻打燕國，奪得了十座城池。燕王派蘇秦出使遊說齊王，齊國把十座城池又歸還給燕國。蘇秦回到燕國後，國內有人在燕王面前詆謗蘇秦說：「蘇秦是賣國賊，一向翻雲覆雨，恐怕將來他會作亂。」燕王內心也有意疏遠他，不想再重用他了。蘇秦恐怕被加罪，入見燕王說：「我原本是東周王城郊外的一介粗人，沒有一點功勞，而大王卻在宗廟之內隆重地授予了我官職，在朝庭內給予我很高的禮遇。而今，我為大王退去齊國的軍隊，收回了十城的國土，建立了大功，本應加深大王對我的信任才對，可是我如今歸來，大王並不加官晉爵給我，看來有人用不守信用的罪名在您面前誣衊過我。我的不守信用，卻正是大王的福分啊！要是我像古代的尾生、伯夷、曾參那樣講求信義，身兼三人的高潔品行來侍奉大王，您覺得怎樣！」燕王說：「那當然好啦！」蘇秦說：「要是有這樣品行的臣子，就不會來侍奉您了。若我像曾參一樣孝敬父母，不離父母身邊，連在外面過夜都不肯，又怎會不遠千里來侍奉弱小的燕國，效忠地位並不穩固的國王呢？若我如伯夷一樣清廉，為了道義之名而不願做孤竹國國君的繼承人，也不去當周武王的臣子，而甘心餓死在首陽山，您又怎能讓我步行千里到齊國遊說，建功立業獲取功名富貴呢？若像尾生一樣守信用，寧願淹死在樑柱子上，也決不失約，這樣的人，他怎麼肯極力吹捧燕國、秦國的聲威而嚇退齊國強大的軍隊呢？」

蘇秦又說：「講信義，是為了修治自己的品行，而不是替別人效力的，是為了保存自我而不是建功立業的。但夏、商、周三代聖王相繼而起，齊桓公、晉文公、秦穆公相繼稱霸，都不是只為保存自我，您以為保存自我是對的嗎？」

燕王說：「忠誠守信又有什麼過錯呢？」

蘇秦回答說：「您不太明白，我給您舉個例子：我有一個在遠處做官的鄰居，他的妻子有了外遇，丈夫快回家時，情夫很擔憂，但妻子卻說：『不用擔心，我已經給他備好藥酒了。』兩天後，丈夫回來了，妻子便讓侍妾捧著藥酒給他喝。侍妾心知這是藥酒，給男主人喝下去，會毒死他；但說出真相吧，就會被女主人趕出家門，便假裝跌倒，摔碎了藥酒瓶。男主人大怒，狠狠地抽了侍妾一頓鞭子。如此忠心耿耿，仍被主人鞭打，這就是過分忠誠的不幸啊！我所做的事，正好如那侍妾倒掉藥酒一樣，也是好心難得好報啊！

「再者說，我侍奉您，是想用崇高道義為國謀利，如今卻獲罪，恐伯今後來侍奉您的人，再沒有誰敢遵從崇高的道義了。再說我遊說齊王的時候，並沒有欺騙他，這樣待我，以後還有誰替您遊說齊王，還有誰像我這樣誠摯，就算有堯舜一般聰慧的人，也不敢聽從他的話了。」

燕王說：「說得對。」於是重又給蘇秦很高的禮遇。

二〇一一年一月

附：本文與〈李廣難封？〉附言同。

有教無類
——讀落蒂的〈記憶密碼〉四帖

壹、緣起

二〇一〇年十月十五日，「四川陽光老人俱樂部」來台北中國文藝協會訪問，帶來藝術作品及節目演出，我應邀參與此一文化交流聯誼。

在兩小時的表演活動中，歌舞並行，緊湊充寔，掌聲不歇。結束時承文協會贈我《文學人》第八期季刊乙冊，拜讀了許多佳作名篇。

貳、原作概述

〈記憶密碼（四帖）〉是落蒂先生所寫的懷舊，情感豐富，愛心洋溢，趣味盎然，文章如行雲流水，讀來若飲甘醇。

一、咬緊牙關忍過

林志強是讓人頭痛萬分的學生，性情兇暴，染上毒癮，細故打死了室友，於判刑假釋保護的管束中，才到小鎮的補校再續學業，因戒不了毒癮，十分苦痛，不想再讀了。作者明白了全般狀況後，勸他定要去除毒害，下決心「咬緊牙關忍過」，並請他到小鎮上的當歸鴨店用餐，由而認識了店主的千金成就了姻緣，有兒有女傳承了生財有道的事業。

這種不放棄、不以他殺過人，判了刑而歧視，引導他讀勵志的書，終於使一個暴戾不可救藥的青年回歸正途，完全是愛心所生的結果。

二、歪妹！加油！

「歪妹並不是她走路常歪著頭，而是她的想法。」學校舉行運動會時，她參加一千五百公尺、八百公尺徑賽。別人以為她要這兩項的錦標，她完全沒有這種想法。她說運動是健身，得獎是餘事，因而有始有終，兩項都苦撐走完，獲精神錦標「最佳勇氣獎」。

歪妹立志當作家，全心貫注，作者鼓勵再三，他說：「作家是不論學歷的。這樣好了，你還是報名參加聯考，報名費我幫你出，考不上就算了，還有個把月，你文科不錯，臨陣磨槍一下，也許可以考上私校……。」

皇天不負苦心人，她果然上了私校的外文系。努力不輟，斐然有成。三十年了，聽說她在國外，但仍可在國內的報章雜誌看到她的文章。

三、鬼靈精的學生

幾十年前，內地來的老師不會講閩南話，本地人不會說國語的情形很普遍，而王士豪竟然利用這麼一個機會，表現他驚人的鬼頭鬼腦，讓人十分意外。

班導師說著山東鄉音，對王士豪說，你把我的話說成台語說給你爸聽，要他在家多多管教，你太調皮了，屢犯校規。王士豪說，「會的。」轉頭對他爸說：「阿爸，老師說我很用功，很乖，你不用耽心，零用錢要多給一些，否則在同學面前會失面子。」

「你給老師說，不乖要打，不打不行，不會進步。」老農用台語說。

王士豪轉身對山東丁老師：「我爸主張愛的教育，有錯多輔導，要有耐心。」

王士豪的轉述話，與原意南轅北轍，背道而馳，說是鬼靈精固然不錯，然亦有他的急智與天分，用在正途，定有可為。

果不其然，在一次班級比賽人緣獎時，用了王士豪的獻策獲得金牌，且業績比第二名高出甚多。

四、調皮搗蛋的學生

父母離異，原因是父親愛上了母親的姊姊。家庭破碎，墮落、學壞，不求上進的自暴自棄，由台北的名星高中，轉到鄉下的學校，程度與原校生有天壤之別。自視甚高，看不起同學，人緣超級差等。

像這樣的學生，一般課程是制不了他的，作者選最難的問題第一個問他，他一定不會，幾次下來，他長在頭頂上的眼睛慢慢降下來了。

壓抑後再表揚，選他記憶力好，兩三千字的英文課文指由他背誦，果真朗朗上口，一氣呵成，讓全班刮目相看。

如此優秀的學生，若不走上正途，不但是他本人的悲哀，也是社會的失著，作者與他建立了感情，分析利害，瞻望未來，雖未受父母的關愛，然對照拂自己的祖母應有適當的回饋，引導他考軍校，當了學校的軍訓教官。他以對他救溺的作者為榜樣，相同的援救了犯偷竊罪的學生於水火。浪子回頭金不換，打拚有成，成為深圳某大公司的老闆。

好有好報，我那寶貝學生從大陸深圳來電話告訴我，他現在在深圳某公司當總管，老闆就是犯了偷竊本應退學卻由他保証延續學業的學生。

參、讀後之見

〈記〉文是作者追述當高中老師的四個故事，娓娓道來，令人動容。在一般人的眼光看來，這不過是社會上萬萬千千的小個案，不足為奇，聽了眨眨眼便過去了，但是作老師的便完全不同，苦口婆心，好說歹說，不眠不休，付出了豐富的感情，所謂精誠所至，頑石點頭。

縱使十惡不赦之人，然亦必有良知良能的一面，如何使一時誤入歧途者懸崖勒馬，回頭是岸，有教無類，盡了老師應有之責，都使我衷心敬佩，無限景仰。

二〇一〇年十月

讀余秋雨的《千年一嘆》

沒有前人，尋訪古文明，歷險四萬里，跋涉三大洲……

壹、緒言

每隔一段時間，我會到附近的大書店逛逛，瀏覽書架，看看有沒有新書出現。當然，日將月就，推陳出新，出版的新書與時俱進，讀不勝讀，只能選自己心儀的作者作品，作為目標。

二〇一一年二月三日，是農曆辛卯兔年的正月初一，放假多日，正好是逛書店的最佳日期，發現大陸名作家余秋雨先生的《千年一嘆》，看它頁底是一月二十一日的一版初刷。看它序言，是余受香港鳳凰衛視之邀，請他主持在全球觀眾面前，行走四萬公里，考察人類最重要的文化遺址，全書分希臘、埃及、以色列、巴勒斯坦、約旦、伊拉克、伊朗、巴基斯坦、印度、尼泊爾及整理一路感受等十章。扉頁印有行經路線圖說明，五輛吉普車從香港海運至埃及亞歷山大港，人員則乘坐飛機至希臘雅典，考察完希臘本土和克里特島後至開羅，與吉普車會合，然後乘坐吉普車走完全程，直至返回香港。

這本新著，對我特有吸引力，我手不釋卷，持續拜讀完了，試從埃及起作簡括的論述。

貳、內容概要

一、埃及

文明的中斷，讀不通古代傳下的文字。在中國沒有發生，即便是甲骨文也很快讀通了，這得感念秦始皇，未毀滅文字。

上午九時上班，下午二時下班，中間還吃午餐。請人做工，如果先付款，他們要花完錢再來做，視時間如無物。找人問路，他們非常熱心為你解答，說了半天，問他們路如何走法，他們手一攤，也不知道。

遇到一個留學中國的當地人王大力幫助翻譯，方便很多。外來遊客常遇搶劫，政府派軍隊護送，備裝甲車。碧血黃沙，一天穿過七個農業省，只見一個水泥廠，十分落後，埃及文明已消失。千辛萬苦看擎天柱，十二個人手牽手才能環抱，是世界最大的廊柱，羅馬的不及，中國也沒有這麼大的。

枯萎屬於正常，東部阿拉伯杳無人煙，荒原一片。極目西眺，遙想東漢班超使甘英到過大秦，也即羅馬帝國，及現今的紅海。

穿過蘇夷士底隧道，到西奈半島，海已枯，而石未爛。

二、以色列、巴勒斯坦

西元三世紀亞歷山大城一個十六歲的貴族女兒信奉基督教，當時的羅馬總督逼她改信羅馬拜神教，還派來五十位學者與她辯論。結果五十位學者全被她說服，皈依了基督，連總督的妻子也追隨了她。她被殺害，她叫卡瑟琳。

猶太人屢遭迫害的原因很多，但後來他們明白，沒有祖國是一個重要因素。以色列是他們好不容易建立起來的一個國家，因此在這裡每走一步都能牽動一個橫貫數千年的大問題：「人類，為什麼如此對自己的同類過不去？」

猶太民族不大，但由於災難和流浪，他們身影遠遠超過了那些安居樂業的人群。在世界任何一個角落，都能隱隱聽到他們從憂傷眼神裡流出來的歌聲：

啊，耶路撒冷！
要是我忘了你，
願我的雙手枯萎，不再彈琴；
要是我忘了你，
願我的舌頭僵硬，不再歌吟！

以色列的所種作物，在滿是沙中有根長長的水管延伸通過，每隔一小截就有一個滴水的噴口，加入肥料的清水一滴不浪費地直輸每棵作物。「全部電腦控制，人要做的只有一件，坐著軌道車採收。」

耶路撒冷曾被毀滅過八次，但它一次又一次重建。猶太教說，它是古代猶太王國的首都；基督教說，它是耶穌傳教、犧牲、復活的地方；伊斯蘭教說，它是穆罕默德登天聆聽真主阿拉祝福和啟示的聖城。

猶太教的最高聖地：哭牆；伊斯蘭的聖地：圓頂；基督教的聖地：苦路，悲哀之路。從古到今，世界上最難化解的衝突，就是宗教極端主義。

加薩地帶，世界上最敏感的地區是阿拉伯難民區。法西斯摧殘的不僅是某個民族，而是全人類。以、巴的人們應多一點遺忘，記性太好，很是礙事。

三、約旦

到安曼的第一件事，是去瞻仰前國王胡笙的陵墓。他們說，當國王病危從美國飛回祖國時，醫院門口有幾萬普通群眾在迎接，天正下雨，沒有一個人打傘。他出殯那天，很多國家的領袖紛紛趕來。出殯之後整整四十天，舉國哀悼，電視台取消一切節目，全部頌讀《可蘭經》為他祈禱。

約旦是沙漠國，百分之八十是不毛之地。在約旦遇上「中華餐廳」，吃的是道地的中國菜，老闆是台灣原駐約旦的上校武官蒯茂松。中（台灣）約一九七五年斷交後，他留下開餐廳，妻是京劇人姚玉蘭所生，是上海杜月笙之女，她本名杜美如，在台灣嘉義認識結婚，出過一次大車禍，臉上留下疤痕大酒窩。

四、伊拉克

這是平生住過最差的旅館，包括尚未改革開放的中國大陸在內。一間旅館，破舊、簡陋、沒有設備，都可忍受，但應該比較乾淨，誰想這間旅館凡是手要接觸的地方都是油膩，滿屋都是異味。

物價昂貴，吃一頓飯二十美元，相當於當地部長兩個月薪津。

巴比倫文明向人類貢獻了天文學、數學、醫藥學方面的早期成果。博物館由衛兵看門不開放，待准許參觀，卻是一屋的空缺，一屋的悲愴，一屋的遺忘。

兩河文明，比中華文明長很多、早很多。

巴比倫在巴格達南方九十公里處，巴比倫古城除了幾處屋基、塔基，其他什麼都沒有了。亞述人占領時，釋放幼發拉底河的水，把整座城市淹沒，以後一次次的戰爭，都是對巴比倫的徹底破壞作為一個句號。

美伊戰爭，懲罰的真正承受者是一大群無辜的人。又遭禁運，令人悲傷。喝中國茶問中國人：「你們中國有茶嗎？」

一九九九年十一月十六日，在伊拉克巴格達突然接到當地新聞官通知，今天是巴格達建城紀念日，有大型慶祝活動，歡迎我們參加。問哈珊總統來不來？答無把握，如來是你們的幸運。

要離開伊拉克時，終於到了邊關，等候出境，被指揮轉來喚去，無一是處，徒耗時間，最後索小費，一批給了又來一批，不敢不給。折騰了好半天無進展，又有人來要小費。十多個小時過去了，最後由兩個鳳凰衛視小姐大聲吼叫，才低頭揮手准予通過。

五、伊朗

伊拉克與伊朗的兩伊戰爭，雙方都死了不少人，八年之間，僅伊拉克，隨意看到一個紀念碑悼念五萬烈士，這樣的紀念碑全國有幾個？茫茫沙漠，不知有多少怨魂日夜呼喊。

兩伊邊關，都豎起一幅巨大的元首像，作為國家標誌，居高臨下注視對方的土地。一個是白色的大鬍子，一個是黑色的小鬍子，兩幅巨像靠得很近，變成了四目相對。

說到伊朗的薩珊王朝，在公元七世紀被阿拉伯人打敗的事，就牽涉到中國了。中國在漢代就與安息產生了密切的聯繫，當時的「絲綢之路」，安息是中轉站。到薩珊王朝與阿拉伯人打仗，已是唐代，薩珊王朝曾向唐朝求援，但路途太遠，唐朝一時幫不上忙。薩珊王朝滅亡後，王子卑路斯繼續求助，唐朝先任他為「波斯總督府」總督，後任他為將軍，但他復國無望，病死長安。

從雅典出發至今，各國女性之美，首推伊朗。優雅的身材極其自然地化作了黑袍紋折的瀟灑抖動，就像古希臘舞台上最有表現力的裹身麻料，又像現代時髦服飾中寬大的深色風衣。

德黑蘭造地鐵，工程國際招標中國中標，工程隊一大堆人知我們經過，堅持要與我們會面，我誇讚他們如漢代的張騫「鑿通西域」。

「荊天棘地」，地方治安十分不好，毒品販子橫行，匪徒劫持外國人質，索贖極高，警方徒呼負負。這裡是絲綢之路的重要旅棧，中國人大多到此為止了，由波斯商人把買賣往西方做。

拜訪「一代霸王」的大流士宮殿。大流士把印度當作自己的一個省，且投注到遙遠的希臘，牆上銘文：「我，偉大的王，諸王之王，諸國之王。」

六、巴基斯坦

我們這次跨國文化考察，見到最慘的景象，不是石柱的斷殘，城堡的倒塌，古都的湮滅，而是文明古國的千里沃野上，那些不上學的孩子們的赤腳密如森林。犍陀羅是玄奘停駐過講經的地方。他到達的時間，大約是西元六三〇年或稍遲，當他看到這麼多犍陀羅的佛像的時候，立即明白，已經到了「北天竺」。

法顯比玄奘早兩百多年前到達這裡，他抵達犍陀羅是公元四〇二年，這從他的《佛國記》可以推算出來。

印度教和佛教都是在印度土生土長的宗教，與伊斯蘭教和基督教很不一樣。佛教是一種智者文明，印度教是一種土著文明，伊斯蘭教是一種外來文明，三者最終的順序是：土著文明第一，外來文明第二，智者文明第三。

我們從巴基斯坦的後門進入，行駛了兩千多公里，確實是看到了一種最遼闊、最驚人的貧困。好多人說：「我們這裡的腐敗全世界第一。」我聽不少在這裡工作的外國公司，包括中國公司的負責人說，幾年來從未遇見過一個不索賄的官員，大官在家裡等賄，中官在辦公室索賄，小官在大門口討賄。

七、印度

印度農村比巴基斯坦還窮。人口爆炸，密密麻麻的人群，基本構成情況大概是：三成擺攤，一成乞討，六成閒站著。讓人感到擁擠的，首先是這六成站著的人，哪裡出了點小事，就往哪裡湧。

印度的國土只有中國三分之一，而人口已接近十億，這個密度就不是中國所能比的了。印度窮人之窮，已經成了世界各國旅行者都為之驚心的一個景觀。

「恆河晨浴」舉世聞名。早晨五時發車，到靠河邊的路口停下，河邊已經非常擁擠，一半是乞丐，而且是大量痲瘋乞丐。特別來等死的人們，橫七豎八棲宿在河岸上。他們不會離開，因為這裡的習慣，死在恆河岸邊，就能免費火化，把骨灰傾入恆河。到恆河刷牙、喝水、浸水、焚屍的惡臭撲鼻。河中死牛浮著，野狗啃噬。

看到印度有三個極端：極端的貧困、極端的混亂、極端的骯髒。

八、尼泊爾

遇到幾個中國人，都是江浙口音，是中國水電公司的，在尼泊爾建造一個旱碼頭，從他們巴基斯坦同事那裡得知我們的行程趕過來迎接。

在尼泊爾，入眼的全是綠色，雖是貧困，但很乾淨。有人掃街，有人洗衣，沒有見到一個逢人就伸手的乞丐，也沒有見到一個無事傻站著的閒漢。每個人都有自己的事在忙，小孩背著書包，老人衣著整齊，一派像過日子的樣子。我門從兩河流域開始，很久沒有看見正常生活的模樣，猛然一見，痴痴地逼視了半天，感動得想哭。

尼泊爾，萬仞雪亮，對面就是喜馬拉雅，許多人以此作為終老，長住下來。無凛冽，因高山擋住了寒流。陽光南坡，花樹茂盛，融冰成河，淙淙琤琤而至浩浩蕩蕩，雄偉柔和。

看了尼泊爾很多地方，對這個國家有信心，相信過幾年就會改變。

九、整理一路感受

「盛極必衰嗎？」克里特島古文明，毀滅原因至今無法定論。古文明最堅挺的物質遺跡，莫過於埃及的金字塔。

巴比倫文明、波斯文明、印度文明、希伯來文明、阿拉伯文明，密密層層。文明最集中的地帶，成了仇恨最集中的地帶，毀滅、毀滅。巴格達反覆拉鋸而成永久性的戰場，直到今天。文明毀滅文明，反反覆覆，沒有休止。

十、中華文明的例外

古文明中，唯一沒有中斷和湮滅的，只有中華文明，何會如此？余先生說，粗略論斷，一是中國的地形，有利於自存，避免與古文明的互侵；二是中國文明優於他族文明；三是儒家理性，民本意識，精耕細作，有限的土地，養活了多數的人；四是科舉制度，文字統一，成一個系統；五是奉行中庸之道，避免了宗教的極端。

參、結語

《千年一嘆》有新本、舊本兩個版本，我是從新本開始的。「緒言」說過，是二〇一一年的一月二十一日印刷，我以為剛行面世，與執教高中的媳婦張新華談及，她說這本書二〇〇三年三月便出版了，她從其藏書中翻出給我。我是像讀遊記，這篇拙著，是看了兩個版本之後寫成的。

時報公司為了促銷，舊書新印，排定二〇一一年二月十一日假台北市世貿一館請來媒體人陳文茜與作者余秋雨對談。那天下午二至三時，塞爆了那個場地，準時準點，陳文茜持著新書，邊翻邊說，她追述那年剛好在希臘旅遊，並扭傷了腳踝的往事，受人呵護，未感過極疼痛，那也是前總統李登輝講「兩國論」的時候。

余說《千》書寫得粗糙，沒有文采，乃受了環境的影響，當時如日記，完成了一篇，即傳至香港鳳凰電視轉播，未知明日可否再續，那種危險艱難，算是命大活過來。此書完成，一是勇氣膽子大，二是體健不生病。他說勇氣，是從小便有的，他五歲時到山中找媽媽，山中有老虎，見的人都要他不要去，他無所懼去了，找到母親，母親沒責備他，說：「這才是我的孩子。」

「古文明毀滅，中華碩果僅存」，余先生所說的五點，我全同意。這五點之中，我認為儒家的貢獻及無宗教的極端，效果最大。「忠恕之道」、「己所不欲，勿施於人」、「四海之內皆兄弟」，與「民吾同胞，物吾與也」皆來自儒家的思想。

〈又旅湛江〉，是我年前寫的一篇「兩岸文化交流，教授、學者、作家四十餘人參與，為期七天」的遊記，刊於中興大學季刊，敘陳大陸雷州半島徐聞縣採用最新的技術種植作物，一躍而成農業發展的全國先進地域。讀了本著，始知是師法以色列的。

「請問余秋雨先生，您的著作很多，讀過以後，要寫『讀後感』或『讀書心得』什麼的，可否用括號（）引用您的著作？」這是我事先寫好的紙條，準備於談話結束時提問的，但沒排這個時間，我只好於他向讀者購書簽名的隙縫中將紙條遞上，他看後說：「可以的。」

他這本書四百多頁，可以說是煌煌巨著，我濃縮了再濃縮，將重點精華縷列如文，或對閱讀者有小小裨助，請方家指教。

二〇一一年三月

旅遊悼記

古都八日遊

「不登長城非好漢，不到黃河心不甘。」是孩童時常聽到的一句俗諺。我籍粵之南隅，長城、黃河天各一方，從未想過此生能夠到達。然世事難料，這兩個地方，都先後去過了。

登長城是一九八九年的八月，我組成十二天的旅遊團前往，第一站是桂林，第二站是西安，第三站是北京。在北京乘遊覽車開到八達嶺，沿著平坦的路攀登，一般人都可步行上去，並非好漢才可。

在長城向北遙望，「天蒼蒼、野茫茫」的一幅景象，不期然便浮現眼前。城垣建於山連山的最高巔頂，綿延萬里，緬想我們的列祖列宗，為了民族的生存而不受外來的欺凌所付的代價，不覺間便有一股熱血上湧。

長城於我有如此感受，這次西安、洛陽、開封、華山古都八日遊，排有一天到黃河參觀。黃河是我們的母親河，心中期望有一些不同的回應；話說人於死後，靈魂脫離軀體飄盪，不悉自己亡故，直至到了黃河，才知真的死了。不能再回來了。

據說黃河最窄之處是龍門，僅有五十公尺，最闊的河段是開封，有二十四公里。我們參觀黃河坐氣墊船，它水陸都可行進，經過大片沙灘，中間有小面積是淺水流域，到達旱地下船，有馬出租供人馳騁，週邊有多灘不流動的淺水，清澈見底，蹲近觸摸（洗手），清涼潤滑，與當初的預期有很大的距離。

黃河的水不黃，沒有滔滔急湍之勢，我懷疑是不是上流築了水壩，把水截走去了，致造成如此的涓涓滴滴？導遊說上流沒有壩，現今是五月、旱季，水就是這麼多。

附近有二座山頭，巨岩連綿，依地形、地勢雕成兩座偉像，右邊是炎帝，左邊是黃帝，是我們共同的祖先，位於黃河邊上，供人仰現緬懷，頗具匠心。

這次到西安是重遊，蒞華清池，發現與上次不同的，是看到毛澤東先生抄錄唐人詩歌的兩幅字。排在前面的第一幅，是杜牧的〈過華清宮〉絕句：「長安回望繡成堆，宮殿千門次第開。一騎紅塵妃子笑，無人知是荔枝來。」

靠在後面的是第二幅，寫的是白居易的〈長恨歌〉：「漢皇重色思傾國，御宇多年求不得。楊家有女初長成，藏在深閨人未識。……在天願作比翼鳥，在地願作連理枝。天長地久有時盡，此恨綿綿無絕期。」

這次旅遊原先定於四月間，往洛陽看牡丹，但氣候仍冷，改在五月前往，雄獅旅行社組成，男女十八人，我是父子檔，雲飛陪行，有幾對是夫妻。

我行年九十，住河南靈寶那天，正好是我的生日，雲飛於晚餐時，再為我慶祝，請導遊籌辦，同隊兩桌併在一起，切蛋糕唱生日快樂，拍照片，旅社中人同來道賀，舉座歡欣。

多日奔波勞累，晚飯後頸筋突感不適，像是「落枕」般疼痛，轉動困難，幸好隊中有一位王先生備有成藥，送來一片「雲南白藥膏」貼上，頓感舒泰，睡了一夜更顯效果，第二天登華山很有精神。

八日古都遊，行程緊湊，看過的勝景古跡：大、小雁塔、少林寺、白馬寺、包公祠等等，說之不盡。在函谷關，有一座莊恭肅穆的建築「老子廟」，《老子道德經》刻在壁上，雕著老子騎牛（大公水牛）西行的塑像，精工細緻，栩栩如生。齊孟嘗君逃離暴秦，靠門下「雞鳴狗盜」之功在此脫離虎口，典故本耳熟能詳，但在解說員生動描繪之下，一種凝重緊張的往古情懷，恍若又現眼前。

連日來我們所經，處處平地起高樓，一幅幅繁榮興盛的境況擺在眼前。當地政府重視無煙窗工業，道旁繁花似錦，路面纖塵不染，都給人好印像。看秦皇陵及兵馬俑，遇上不少的外國人，是一次很有收穫的活動。

二〇一〇年六月

又旅湛江

「二〇一〇第二屆雷州半島閩南文化交流」活動，於十一月十三日起為期七天，行程與第一屆不同，前是由南而北，今則從北往南。

我們組成的隊是專家學者，包括了教授、書畫家、作家及台北市長青學苑的成員。彰化鹿港的南管樂隊隨行，計四十二人之眾，稱得上濟濟多士。劉紹周先生九十五歲，由八十三歲的夫人周芷君陪同，行動迅捷，虎虎生風，不遜於年輕人。

劉先生年高德劭，他說他有子女各五人，五個媳婦，五個女婿，都是高學歷，在國內外有很好的工作。唐代名將郭子儀，福壽雙全，後輩稠眾，當他（她）們向他請安，他認不出誰是誰，只好頷首示意。劉先生與之相較，當有過之。

拜訪廣東海洋大學、湛江師範學院排在第二天、第三天，進行書畫交流，向這二校的圖書館贈書，秘書長李瑞泰：（《紅樓夢》真相大發現）；淡大教授賴麗秀；《中國箴言選粹》；書畫家甘美華《畫冊》。《步到旅途邊緣》是我近出版的新著，也分別贈送了一本。

在師院時，領隊陳教授即席賦詩二首，其一是：湛師高塔平山仰，紫荊花下好留連。雷陽書院何優久？創立於今四百年。其二是：輝煌校史源流遠，堂構宏深豈等倫。今日交流情永結，閩南文化幸同珍。下署「庚寅冬二〇一〇年十一月十五日台灣閩南文化會長陳冠甫題贈。

下午拜訪湛江轄屬最大的吳川市，參觀其享譽全國的農村建設，紹介經營成就，觀看飄色和書畫交流。晚宴化粧活動迎賓，唱廣東戲，我們的南管隊演奏多首樂曲，情況至為熱烈。

宴罷回程，已夜裡九點，車上馮海濤學長作領頭羊，獻唱〈愛拚才會贏〉、〈高山青〉和〈綠島小夜曲〉，曲熟和眾，皆大歡騰。隨而〈楓橋夜泊〉、〈獨上西樓〉、〈古從軍行〉的詩詞轉唱，相繼而起，引出了劉夫人的〈紅娘〉，劉老的〈月圓花好〉、〈天上人間〉，眾聲伴合，莫不欣然。

十六日是抵達後的第四天，乘車向徐聞，於伏波公園舉行馮少強教授「和平百鴿浮雕」揭幕儀式，參觀大漢三墩與龍泉森林保護區的植樹活動。

徐聞是中國大陸最南的地域，與海南島隔著瓊州海峽相對，據說要建跨海大橋了，兩岸最窄是十二公里，最闊處是十八公里，正籌劃選路線，預計二〇一二年動工，二〇二〇年完成。

我們有兩夜宿該縣的杏磊灣渡假村，其地接埌海濱，長著紅樹林，夜裡寂靜，時聞海濤拍岸和海鳥鳴叫。

這裡無冬季，各種作物均可隨時種植，生機勃發，成長迅速，疇昔先民默守舊規，囿於春耕夏耘，秋收冬藏的世習，農業無突破性發展，如今採用最新方法，改進水利，充足供肥，無一不收穫豐稔，一躍而成農業發展的全國先進地域。在這寒冬十月，遍種著辣椒、小黃瓜、花生、甘蔗、香蕉等多種高價值的作物，青蔥一片，欣欣向榮。

十七日一早，我們盛裝前赴縣會議中心，佩掛鮮花，進行「雷州半島閩南文化交流學術研討會」，指定教授、學者專家二十人分別報告其所作論文，包括〈台灣文化與閩南文化論畧〉（陳冠甫）、〈蘇東坡雷州行跡考辯〉（張學松）、〈媽祖文化信仰對台灣移民的發展與影響〉（馮觀富）、〈雷州石狗與閩南風獅爺的民俗文化內涵〉（陳志堅）等各有見地，內容豐富，是經過許多心血撰成的，惜時間短暫，只能提綱挈領的掠過。

「第一屆雷州半島閩南文化交流」是年前的十一月十三日，為時六天，今年第二屆同月日則為七天，前者由廣州轉機，此次到澳門乘車前往。在往珠海及吳川市的許多行道樹，種的是芒果，這與台灣中南部無異。雷州半島路旁大多種桉樹（有加利），亦有大塊密集種植的，據稱桉樹可製紙，也可碎拌成漿壓成板面，造作各種器具的建設用材。

文化交流活動，往來熱絡，增進兩岸的關係，成績斐然，放眼未來，必定更上層樓，且待我們共同的努力。

二〇一〇年十一月

外附另記　遊花博——不興而歸

民九十九年十二月一日出版的中興大學《退聯通訊》季刊第四十九期，載著十二月十七、十八兩日遊台北花博，第一日夜宿新北投熱海溫泉飯店，第二天續遊。

先前學校舉辦「飛躍的九年」，紀念前校長羅雲平先生逝世二十五週年，會長莊作權教授邀我屆時在台北就近參加。期前二天，我與承辦人賴麗靜小姐連繫，我說你們住北投，第二天來台北，一定走中山北路，我在銘傳大學站候您，即可會合同行。她與導遊及司機商議，謂北部的路線不熟，要我到進門的大佳入口等她。「大佳」在哪我不知道，兒子上網查距我家約四公里，他開車送我幸未有誤。

陰雨濕冷多日，終於放晴，太陽亮麗，溫度陡升，又是週末，來遊的人疊疊重重如沙暴般的湧至，說是人山人海是不足以形容的。在行進時遇湯雄飛教授伉儷及多時未見的謝為學老師，談起上次「江南八日遊」在上海吃湯包，我們四人嚐新各來一個，竟是人民幣八十八元，真是嚇人。

我們跨入花博的大門，導遊隨即宣布各人自由行動，任意各處觀賞，下午二時半在此集合。我到洗手間去了一下，出來我們的人全已杳然，不知去向。

在這個場合，我像是沙暴中的一粒微塵，要找別的幾粒是不可能的，只好隨滾滾的浪潮向前行，走啊走的到達林安泰老厝古宅，台北美術館，這地方我多次到過。

參加花博遊，本是想與一些長官、同寅敘舊，共話闊別，說說近況，今竟與願違，一人踽踽獨行，越想越覺自己差勁，再聚合已不可能，只好中途退出，做了個不興而歸。

二〇一〇年十二月

「不勝慨歎」悼秦嶽

「榮植文苑筆成花，炎發芳草碧連天；如坐春風精神爽，仙人福樂壽永年。」這是二〇〇〇年五月，我印發第八本書《如坐春風》，請秦嶽先生作序，以「筆耕樂無窮」為題起首的四句。

其時我八十歲「八十壽誕」，書名《如坐春風》，似像有些巧合，而四句詩的第一個字，串成「榮炎如仙」，是他靈思獨具產生出來的成品。本書三百頁，文學街出版社出版，秦嶽在台中女中的教師退休後被聘為該出版社的總編輯，承他鼎力相助，精心編纂，不論插圖、版面、字型、標題、行距都持別悅目出色。書成他安排新書發表會，於台中市國軍英雄館二樓，邀請了台灣省文藝作家協會、台中市青溪作家協會，地方政要及好些文友、學者、教授參與。會在秦嶽主持之下，各人暢所欲言，對我獎掖有加，恭維備至，我深感無限榮寵。

我與秦嶽相識，始於台灣省文藝作家協會，民國六十年，我由軍人轉業中興大學，當時省協會的理事長是李升如，他熱心盡力，不時召集座談及辦集體旅遊，秦嶽每役必與，且主動為文友貼心服務，人緣極佳。那時我筆耕頗勤，投稿除國內的刊物外，並及香港的《新聞天地》。秦嶽主編《中市青年》，到中興以名家的身分向我邀稿，我寫了兩篇，其一是〈我的寫作歷程〉，縷述箇中甘苦，以作年輕人的借鏡。其二是〈談談課外書〉，勸勉要多讀小說，該篇其後發表在國語日報。

台中市老人「長青學苑」設在北屯區，距我家十五公里，我自中興退休後，即到該處習胡琴（二胡），騎著輕型機車風雨無阻，拿過多次的全勤獎狀。我勁頭不小，因年紀大了總是拉不好，現在更難上弦了。我與秦嶽住處相距不遠，他太平、我大里，大約四公里，他常開車拿胡琴來向我學習，很是慚愧。

《書海微波》是二〇〇八年二月秦嶽出版的新著，收文共四十八篇，為人作序、作跋、作評介，我被報道的有兩篇，其一是：筆耕生涯樂無窮，序李榮炎的《如坐春風》；其二是：歲月匆匆不待人，評介李榮炎的《莫讓流光虛度》。

我一九五七年由苗栗遷入台中眷村，二〇〇五年依親移來台北，住台中近五十寒暑，眷村鄰居，當地文友，中興大學的同寅長官，不僅熟稔無比，且建立了深厚的感情，對他們不時叨念，兒子、媳婦體察我意，擬在五月間我八十八歲「米壽」宴請相會，如此的勞煩別人，我未同意，他（她）們相議以「壽慶歡聚不收禮」相邀，於是進行台北二桌、台中三桌，秦嶽、柴扉、燕泥都在台中欣然光臨。

《書海微波》的秦嶽新著，就在這個餐聚中送我的。那天的席設潮港城，離他家不遠，夫人施快年陪同前來，我以為他倆一起參加，原來她另有行程，我們相見後她即離去。當時秦嶽的臉色有些泛白，說話聲細，別外看不出有何差異。

搬來台北，人地生疏，沒有什麼交往，但柴扉等老友時有電話通候，打到秦家，後來都有快年接聽，畧談他羸弱無力，沒深入說及狀況。

今年（二〇一〇年）十月由柴扉傳來，謂秦嶽於五月走了，他亦久久之後才獲悉的。我請其將有關資料寄我，十月十二日收到柴限時函件，內附秦貴修，筆名秦嶽訃告；二〇一〇年八月七日庚寅立秋《鳳梅人》總第六十二期，載有陳福成：〈懷念秦嶽老哥哥〉；金筑：悼詩人秦嶽〈永恆的風景〉；劉焦智：〈給師娘施快年老師的信〉。《文訊》二〇一〇年二月號，影印台客：〈八十年風雨人生路：詩人秦嶽專訪記〉，附有一些秦嶽往昔的生活照片、墨寶、字跡等等，拜讀完了，深感天妒賢才，好人不長命，回首前塵，不勝慨歎！

二〇一〇年十二月

附錄

有德者必得其壽
——讀李榮炎先生《閱覽劄記》

瞿毅

三十多年前，台中有一家地方性報紙《民聲日報》，曾舉辦一次副刊文友聯誼活動，因座位相鄰而認識了李榮炎兄。那時他服務於台中國立中興大學，我任教於省立彰化高中。我們都是由軍中轉業而來，交談相得，因而成了知己。

後來，我常在報刊上拜讀他的文章，給我的人生方向、寫作的技巧都有所啟示。我若有文字見報，他也會打電話給我祝福、鼓勵。我們都是「台灣省文藝作家協會」成員，常相約去台中市開會，見面就很熱絡，寫作、讀書、電影，無所不談。會議結束，還同去逛舊書攤，尋找絕版書，必到盡興才揮手告別。

民國七十年底，為建國七十周年而召開的全國第三次文藝大會在台北陽明山中山樓舉行，我們同被邀請。專題討論又分在同組，輪到他發言時，語驚四座，響起熱烈掌聲。他打風趣地對我說：「年紀大了，臉皮厚，敢說老實話，請別見笑！」

「真佩服老兄的學養，肚子裡有貨才敢說！」

「哪裡！」他到有點羞澀起來，緊緊握著我的手：「老弟，請多多指教！」

民國六十九年，我從李智龍先生手中接編《古今藝文》雜誌，每年舉辦一次「五四文藝節徵文」，是我們的年度大事，必忙得暈頭轉向。有一年他獲散文組的首獎，知道我很忙，就主動來助我。好一陣子，都是清晨從台中大里搭公車到火車站，再轉車到彰化，然後走很長一段路才到我家。由於他多年文書工作歷練的細心，看字精準，凡經他校過的文稿，很難找出一個錯字，不能不佩服！

他退休之後，參加了社區長青學苑的國樂社，在名師指導之餘，勤練不輟，成了社團中的要角，每出外演奏，總贏得滿堂彩。

他早年就開始寫作，民國七十二年處女作《千層浪》問世，中興大學沈謙教授以「平實之中見真情」為序。兩年後出版《時光倒流》，與大文學院胡楚生教授作序，謂具「關懷與愛心」。公元兩千年出版第八本書《如坐春風》，詩人秦嶽先生序其「筆耕樂無窮」，這正是他平時的生活寫照。

近日接到他第十二本大作《閱覽箚記》，封面設計典雅、質樸，與當前書市追求花俏、耀眼的時尚迥異其趣。我愛不忍釋，一口氣讀完，寫出我的認知。

從書名看，就知是他近年的讀書成績。共收集了二十四篇鴻文，其中有札記十八篇，隨筆三篇，遊記一篇，外附錄兩篇。李兄閱讀層面甚廣，經、史、子、集莫不涉及。在歷史人物中，他對戰國四公子有中肯的評價：齊孟嘗君食客三千，以「交友為樂」；趙平原君雖「文雅君子」惜「利令智昏」；魏信陵君「交接隱士，聲明超越諸公子」；楚春申君「當斷不斷，反受其害」，頭懸宮門，為四公子中結局最慘者。

他評〈游俠列傳〉中的豫讓，「為知己者死」，固足感人，然有「取名譽，耀世俗」之嫌。

賈誼因〈過秦論〉而成名，但「志大而量小，才有餘而識不足」。司馬相如以〈子虛賦〉獲武帝賞識，不但有文才，且具武略。

曹操、曹植皆有〈短歌行〉，「兩相比較，高下立判。論氣勢、豪邁、聲狀，子不如父。」

他讀了謝靈運、鮑照二人的詩。謝詩歌詠自然，開山水文學之先河。鮑詩煥發出豪邁、積極、俊逸之氣。對於李（白）杜（甫）之詩，他不同意趙翼的「至今已覺不新鮮」為斷，好詩應是萬古常新。

中唐詩人白居易、元稹的排序為「元白」，李兄認為白居易的〈長恨歌〉、〈琵琶行〉流傳千古，似應倒過來，排成「白元」。

晚唐杜牧的詩，他提出〈遣懷〉、〈贈別〉二首為評。前者寫杜牧落魄揚州之境，後者抒發與歌女惜別之情，感情真摯，俱為嘔心之作。

讀完這些充滿高見的評述，思維清晰，獨具慧眼，堪稱智者。李先生四代同堂，和樂融融。年高九旬有二，精神矍鑠，仙風道骨，誠古人所謂「有德者，必得其壽」也。

二〇一一年三月

語言文學類 PG0633

耕耘與收穫
——松榮文集

作　　者／李榮炎
電話：(02)27661816
地址：105台北市松山區新東街15巷1號3樓

責任編輯／林泰宏
圖文排版／陳宛鈴
封面設計／王嵩賀

發 行 人／宋政坤
法律顧問／毛國樑　律師
印製出版／秀威資訊科技股份有限公司
114台北市內湖區瑞光路76巷65號1樓
電話：+886-2-2796-3638　傳真：+886-2-2796-1377
http://www.showwe.com.tw
劃撥帳號／19563868　戶名：秀威資訊科技股份有限公司
讀者服務信箱：service@showwe.com.tw
展售門市／國家書店（松江門市）
104台北市中山區松江路209號1樓
電話：+886-2-2518-0207　傳真：+886-2-2518-0778
網路訂購／秀威網路書店：http://www.bodbooks.com.tw
國家網路書店：http://www.govbooks.com.tw
圖書經銷／紅螞蟻圖書有限公司
114台北市內湖區舊宗路二段121巷28、32號4樓
電話：+886-2-2795-3656　傳真：+886-2-2795-4100

2011年10月BOD一版
定價：250元

國家圖書館出版品預行編目

耕耘與收穫：松榮文集 / 李榮炎著. -- 一版. -- 臺北市：
秀威資訊科技, 2011.10
面； 公分. -- (語言文學類 ; PG0633)
BOD版
ISBN 978-986-221-856-3(平裝)

848.6 100019661

讀者回函卡

感謝您購買本書，為提升服務品質，請填妥以下資料，將讀者回函卡直接寄回或傳真本公司，收到您的寶貴意見後，我們會收藏記錄及檢討，謝謝！如您需要了解本公司最新出版書目、購書優惠或企劃活動，歡迎您上網查詢或下載相關資料：http:// www.showwe.com.tw

您購買的書名：________________________________

出生日期：________年________月________日

學歷：□高中（含）以下　□大專　□研究所（含）以上

職業：□製造業　□金融業　□資訊業　□軍警　□傳播業　□自由業

□服務業　□公務員　□教職　□學生　□家管　□其它____

購書地點：□網路書店　□實體書店　□書展　□郵購　□贈閱　□其他

您從何得知本書的消息？

□網路書店　□實體書店　□網路搜尋　□電子報　□書訊　□雜誌

□傳播媒體　□親友推薦　□網站推薦　□部落格　□其他________

您對本書的評價：（請填代號　1.非常滿意　2.滿意　3.尚可　4.再改進）

封面設計____　版面編排____　內容____　文／譯筆____　價格____

讀完書後您覺得：

□很有收穫　□有收穫　□收穫不多　□沒收穫

對我們的建議：________________________________

____

____

____

請貼
郵票

11466
台北市內湖區瑞光路 76 巷 65 號 1 樓
秀威資訊科技股份有限公司　收
BOD 數位出版事業部

（請沿線對折寄回，謝謝！）

姓　　名：＿＿＿＿＿＿＿＿　年齡：＿＿＿＿　性別：□女　□男

郵遞區號：□□□□□

地　　址：＿＿＿＿＿＿＿＿＿＿＿＿＿＿＿＿

聯絡電話：(日)＿＿＿＿＿＿＿＿　(夜)＿＿＿＿＿＿＿＿

E-mail：＿＿＿＿＿＿＿＿＿＿＿＿＿＿＿＿